E. SIOU-GELLEY & G. du WALLON

L'ILE ✤ ✤ ✤ ✤
✤ ✤ Saint-Louis

A TRAVERS LES SIÈCLES

PRIX : 1 fr. 50

ÉDITIONS PIERROT
28 — RUE DES PETITES-ECURIES — 28
PARIS (Xe)

1905

L'ILE SAINT-LOUIS

A TRAVERS LES SIÈCLES

E. SIOU-GELLEY & G. du WALLON

L'ILE Saint-Louis

A TRAVERS LES SIÈCLES

PRIX : 1 fr. 50

ÉDITIONS PIERROT
28 — RUE DES PETITES-ECURIES — 28
PARIS (Xe)

1905

Paris semble à mes yeux un pays de romans
J'y croyais ce matin voir une île enchantée :
Je la laissai déserte et la trouve habitée ;
Quelque Amphion nouveau, sans l'aide des maçons,
En superbes palais a changé ses buissons.

(Corneille, *Le Menteur,* Acte II, Scène V)

L'Ile Saint-Louis

A TRAVERS LES SIÈCLES

Semblable à un immense chaland au repos entre deux bras de fleuve, l'Ile Saint-Louis offre au premier regard un aspect général qui la fait ressembler aux quais avoisinants. A demi cachée par les arbres, elle semble veuve de particularités, et ses maisons, alignées le long des berges de la Seine, se présentent, à l'œil de l'observateur, grises et monotones.

Il n'en est rien; lorsqu'on s'approche et qu'on parcourt pas à pas les quais tranquilles et déserts, on decouvre successivement des beautés qui se déroulent en un admirable panorama. Chacune des maisons a son aspect curieux, son architecture distincte, son histoire même; de ces hôtels aux murs noirâtres, de ces arbres immenses et touffus, de ces rues étroites et sombres entrevues le long des quais ensoleillés, se dégage une poésie évocatrice et mélancolique. Tout cela, c'est l'histoire des temps écoulés qui renaît, c'est surtout le siècle de Louis XIV qui se dresse à l'esprit du passant, et il ne manque à cette solitude impressionnante que la silhouette de laquais poudrés et de chaises à porteurs.

Et si l'on continue sa promenade, lentement, au milieu des merveilles de ce coin pittoresque de l'ancien Paris, on ne peut s'empêcher d'évoquer le passé curieux de cette petite ville si proche de la capitale que le coup de baguette d'un magicien fit surgir comme par enchantement sur un terrain jusqu'alors improductif.

Mais si la pensée se reporte en arrière, l'œil contemple le panorama splendide du présent; en quelque point que l'on se place, la perspective est superbe. A l'orient, c'est la Seine, large et majestueuse qui fait songer à l'immensité de l'océan, avec, au fond, le ciel, séparé de l'eau par un bouquet de verdure; plus loin, l'animation bien parisienne de la Rive Gauche; à l'occident, la silhouette imposante et délicatement ciselée de Notre-Dame, et, à quelques pas, la Seine encore, avec sa même ampleur, mais dans un décor non moins admirable, une perspective non moins superbe; celle du Paris de la Tour Saint-Jacques de la Boucherie et de l'Hôtel-de-Ville; enfin, dans l'intérieur de l'Ile, la province.

Province, ces rues serrées où les maisons de toutes formes et de toutes hauteurs semblent vouloir masquer le ciel; province, ces vieux hôtels imposants et mornes dont l'aspect fait frissonner; province, cette église entourée de bâtiments grisaillés, et que seul, un clocher original laisse deviner; province, ces habitants devisant au seuil des boutiques. Province, non. C'est vieux port de mer qu'il faudrait dire, car chaque pas nous ramène vers l'élément liquide dont les bras l'enserrent d'une étreinte vigoureuse, et rien ne manque à l'illusion, ni le mouvement incessant de la navigation, ni les sifflements aigus des remorqueurs, et les lugubres appels des sirènes...

Alors que les Romains, après la conquête de la Gaule, s'établissant sur la rive gauche, y construisirent les Thermes et que, plus tard, Lutécia s'agrandissant progressivement occupa une partie de plus en plus importante des rives de la Seine, l'Ile Saint-Louis, à deux pas de la Cité, demeura étrangère à l'évolution rapide qui se manifestait si près d'elle et cela sans raison apparente.

La batellerie constituant à cette époque le meilleur moyen de transport et de trafic, et dont l'accroissement décida la fortune de Lutèce, il paraît difficile de concevoir qu'elle n'ait pas songé à profiter de la situation exceptionnelle que présentait l'Ile Saint-Louis.

Ainsi que la Cité (1), elle se divisait, à l'origine, en deux iles isolées par la Seine à la hauteur de

(1) La Cité se composa de deux îles jusqu'à Henri III, qui les fit réunir en comblant le bras du fleuve qui les séparait.

la rue Poulletier (1); celle orientale appelée *Isle aux Vaches* parce qu'elle servait de pâturage aux bestiaux, celle occidentale nommée *Isle Nostre-Dame*, qui était une dépendance de la Cathédrale et appartenait à son chapitre.

Avant le IXe siècle, l'Ile Notre-Dame était la jouissance des comtes de Paris; par sa charte du 22 avril 867 Charles le Gros la restitua à Enée, évêque de Paris.

En ce qui concerne les clôtures de la capitale avant Philippe-Auguste, leur histoire est des plus obscures; on ne peut donner aucun renseignement précis à leur sujet. Il est possible que, lorsque les Capétiens, vers l'an 1020, élargirent l'enceinte Gallo-Romaine, ils en reculèrent les limites jusqu'aux deux rives de la Seine à la hauteur de la pointe occidentale de l'Ile Notre-Dame. Philippe-Auguste fit comprendre celle-ci tout entière dans l'enceinte nouvelle qu'il fit construire et, à l'extrémité des remparts, au quai Saint-Bernard et au quai des Célestins, deux tourelles furent élevées pour achever le système de défense; l'une donna son nom à la *Tournelle*, l'autre s'appela la *Tour Barbeau*.

D'après les comptes relevés par Sauval, l'Ile Notre-Dame aurait été fortifiée spécialement le long du bras de la Seine qui la séparait de l'Ile aux Vaches et une tour, dénommée *Tour Loriaux*, y aurait été construite. Il est à remarquer que Sauval est le seul historien qui ait fait mention de cette partie de l'enceinte

(1) Plusieurs historiens ont estimé, d'après des auteurs anciens, que le canal séparant ces deux îles avait été creusé par la main des hommes. Il nous paraît difficile de se montrer catégorique car les ouvrages pouvant fournir une indication se contredisent et les plans topographiques, dont les plus anciens remontent au XVIe siècle, ne peuvent apporter aucune lumière sur ce point. Dans ces conditions le doute s'impose et il est préférable de s'abstenir de toute affirmation sur un fait qui n'a pu être prouvé jusqu'ici.

dont on ne retrouve aucune trace dans les premiers plans de Paris (plans de *Du Cerceau* et de la *Tapisserie*) (1).

Vers cette époque, et pour interdire à volonté l'entrée de Paris par le fleuve, on établit un barrage constitué par des bateaux fixés à des pieux énormes et sur lesquels reposaient de lourdes chaines qu'on levait le jour et rétablissait la nuit (A. Franklin).

Lorsqu'au XIIIe siècle les seigneurs se partagèrent la capitale, l'Ile Notre-Dame resta la propriété du chapitre de la Cathédrale : diverses parties de la Seine furent attribuées à des abbayes, mais le roi réserva ses droits sur la portion comprise entre l'Ile Notre-Dame et Villeneuve Saint-Georges, et qu'on appela, par suite, *l'eau du Roy*.

Les agrandissements successifs de la capitale entrepris sous Charles V (1370) et sous Charles IX (continués jusqu'à Louis XIII) n'apportèrent aucune modification à la limite de Paris dans l'Ile.

Les vastes terrains des Iles aux Vaches et Notre-Dame, bien qu'inhabités avant le XVIIe siècle et assez peu élevés pour que, lors des crues de la Seine, ils fussent couverts d'eau dans leur plus grande partie, étaient néanmoins utilisés par des fermiers qui y parquaient leurs bestiaux ; des jeux y étaient établis et des archers venaient y exercer leur adresse. Ils furent

(1) Ce fait a été signalé à l'attention des archéologues par Bonnardot, en 1852, qui invitait à faire pratiquer des fouilles à l'endroit présumé de ces fortifications. Lors des travaux exécutés pour l'établissement des égouts de la Rue Poulletier (Juillet 1897), les recherches entreprises n'ont donné aucun résultat. Par contre, il est très possible que la défense naturelle offerte par le fleuve ait été jugée suffisante ; quoiqu'il en soit, il est très regrettable que ce point d'histoire ne puisse encore être éclairci.

en outre le théâtre de plusieurs cérémonies d'un grand caractère.

En 1267, le jour de la Pentecôte, une fête imposante y fut donnée à l'occasion de l'entrée de Philippe le Hardi dans la chevalerie. Le Journal d'Eudes Rigaud, archevêque de Reims, y mentionne la présence du Roi de Navarre et de bon nombre d'autres seigneurs. Saint Louis, qui songeait à une nouvelle croisade, y reçut la croix des mains du Légat Simon, ainsi que ses fils et de nombreux vassaux.

En 1313, Philippe le Bel y donne une fête semblable, en présence de plusieurs rois étrangers et du Légat du Pape, pour célébrer la nomination du roi de Navarre, son fils, au grade de Chevalier. Les invités se rendirent dans l'Ile sur un pont de bateaux établi pour la circonstance.

Cependant, d'après les Archives de Notre-Dame, il avait été construit, en mars 1296, deux « *charrières* », l'une allant de la rue Saint-Bernard dans l'Ile, l'autre, de la rue de Bièvre au Terrail, et sur lesquelles un droit de péage était perçu pour leur entretien. Ces deux charrières furent probablement emportées par les eaux ; cette opinion nous est confirmée par l'établissement de nouveaux ponts, un demi-siècle plus tard. D'après les comptes de Simon Gaucher, payeur des œuvres de la Ville. deux ponts de bois furent « *planchies* » pour réunir l'Ile Notre-Dame, aux deux rives de la Seine ; l'un, en 1370, appelé « pont de *fust* (1) de l'Isle Nostre-Dame », et accompagné d'une petite tour carrée couverte d'ardoises avec une porte du côté des Bernardins qu'on boucha l'année suivante ; l'autre, construit peu après, et dénommé « pont de *fust*

(1) Bois.

d'emprest (1) *Saint-Bernard aux Barres* ». Ces deux passerelles, disparues sous François Ier furent, elles aussi, vraisemblablement détruites par une crue du fleuve, comme les précédentes.

En 1424, l'Ile Notre-Dame était entourée d'un boulevard soutenu de gros pieux pour tenir la terre.

(Sauval)

Au XVe siècle, Guillebert de Metz s'exprime en ces termes : « *En l'Isle Nostre-Dame sont palais pour* « *luitier et berseaux pour traire de l'arbalète et de l'arc* « *à main* (2). »

Elle servait également au blanchissage des toiles ainsi qu'en témoigne l'anecdote suivante :

« *Au mois de mars 1440, une douzaine d'ecor-* « *cheurs* (3) *se rendirent à Paris et, après-dîner, vin-* « *rent jouer dans l'Isle Nostre-Dame, regardèrent les* « *toiles des bourgeois de Paris qu'on blanchissait...* »

« *...A minuit vinrent dans la dite isle, en prirent* « *toutes les toiles de lin sans prendre une seule de* « *chanvre.* »

En 1552, par ordre de la Ville, l'île aux Vaches

(1) Derrière.

(2) Dans les anciens plans de Paris, et dans les gravures antérieures à 1614, on voit encore dans l'Ile Notre-Dame des constructions de chaume qui servent de but ou « *bersault* » à des tireurs d'arc (Bonnardot, *Etude sur Corrozet*).

(3) C'est ainsi qu'on désignait la bande noire du parti du dauphin.

servait à la fabrication des bateaux, qui se construisaient auparavant sur le quai des Célestins (Sauval).

Sous la Ligue, elle avait l'aspect *des îlots du Bas-Meudon et les ligueurs allaient s'y divertir au cabaret de Jacques Guebery* (E de Ménorval).

Henri IV songea à la faire bâtir, ses ordres avaient même été donnés en ce sens à Sully, mais l'attentat de Ravaillac retarda ce projet qui ne fut mis à exécution que vers 1614 par l'entrepreneur Marie.

Déjà en 1600, un maître couvreur, nommé Nicolas le Jeune, était venu s'établir à la pointe orientale de l'Ile ; il avait fait construire une maison à laquelle il fit annexer peu après une petite chapelle.

L'Ile était ainsi ouverte à la vie des cités et la modeste chapelle de Nicolas le Jeune devait, vingt ans après, devenir une paroisse importante.

Louis XIII, reprenant les projets de son père, décida la construction de maisons, de rues et de quais dans les îles. Voici, d'après le R. P. Jacques du Breuil, religieux de Saint-Germain-des-Prés, l'historique de cette création.

« *Cette Isle*, dit-il, *qui estoit toujours demeurée vague « et inhabitée, fut enfin jugée commode pour y faire « des bastiments et un passage très propre de la Tour- « nelle à l'autre costé de la rivière, par le dessin qui y « fut pris d'y construire deux ponts de pierre* (1), *sca- « voir : l'un de la Tournelle en l'Isle, et l'autre, de « l'Isle sur le quay qui tourne vers le port Sainct-Paul, « ce qui fut exécuté, car alors un nommé Christophe « Marie, bourgeois de Paris, entrepreneur de ces ponts, « contracta pour la construction du Pont Marie, de « son nom, avec Nosseigneurs du Conseil du Roy, en « l'hostel de Monsieur de Sillery, chancelier de France,*

(1) ... L'auteur se trompe, et comme il le dit dans la suite, les ponts furent établis primitivement en bois.

« *le samedy dix-neufième d'avril 1624* (1) *passé par*
« *devant les notaires du Roy, en son Chastellet de Paris,*
« *Joly et Hault de Sens, confirmé par arrest du Conseil*
« *d'Estat, tenu a Paris, le sixième de may de*
« *l'an 1624* (2). *Par lequel contract le Roy acquit les*
« *deux Isles dites de Nostre-Dame, et les laissa au dit*
« *Marie franchement pour en jouir par luy et ses boirs,*
« *en considération des frais par luy advancez et qu'il*
« *advanceroit en la construction du dit pont et lui fut*
« *permis de vendre les places des deux Isles, pour bas-*
« *tir maisons à qui voudrait les achepter.* »

En réalité, le contrat passé par Marie l'obligeait à joindre les deux îles en comblant le canal qui les séparait, à les entourer de quais en pierre de taille, à y ouvrir des rues larges de quatre toises et à y construire des ponts qui communiqueraient avec la Ville. Par contre, il obtenait la faculté de créer dans l'Ile un jeu de Paume et une maison de bains avec étuves (3), ainsi que le droit de lever sur chaque maison « *douze deniers de cens pendant soixante ans.* » D'autre part, le Chapitre de Notre-Dame ne consentit aux travaux qu'à la condition expresse que le bras de la Seine séparant l'Ile de la Cité, ne serait jamais comblé.

Aidé de Le Regrattier (4), trésorier des Cent Suisses,

(1) J. du Breuil fait erreur de dix ans car les contrats furent passés en 1614.

(2) *Idem.*

(3) Il est probable que Marie n'usa jamais de cette faculté car il n'est fait nulle mention de ces établissements dans les documents postérieurs à 1614.

(4) Marie s'associa pour un quart Le Regrattier, qui promit de lui fournir tout le bois nécessaire, et, de ce fait, acheta en Picardie, quatre mille six cents chênes qui lui coûtèrent dix-huit mille livres et trente-six à amener. (SAUVAL).

et de Poulletier, commissaire des Guerres, Marie entreprit aussitôt cette œuvre dont toutes les parties furent menées de front; cependant en 1616, le Chapitre de Notre-Dame, auquel l'Ile appartenait, mit opposition à son exécution et un procès s'engagea, auquel mit fin un arrêt du Conseil du Roi qui dédommagea le Chapitre et permit la reprise desdits travaux.

Marie céda, le 16 septembre 1623, tous ses droits à un sieur La Grange; mais celui-ci ne tenant pas ses engagements, son prédécesseur lui intenta un procès qu'il gagna et continua, en 1627, l'œuvre qu'il avait commencée. Toutefois, le Chapitre de Notre-Dame ayant repris son opposition systématique, le roi traita avec lui l'achat de ses droits seigneuriaux pour cinquante mille livres, qui furent mises à la charge de Marie.

Ce dernier voulut se faire rembourser par les habitants qui étaient venus s'installer dans l'Ile et, sur leur refus, un nouveau procès fut engagé qui se termina par un arrangement aux termes duquel l'entrepreneur reçut une indemnité pour l'abandon de son entreprise; les notables prirent l'engagement de payer les cinquante mille livres au Chapitre et de continuer les travaux.

Les premiers résultats obtenus furent loin d'être satisfaisants, l'œuvre générale avait été fort critiquée. A ce sujet, Sauval reproche sévèrement aux Parisiens leur « *aveuglement étrange et bien autre que celui des* « *Chalcédoniens, d'avoir été tant de siècles près d'un* « *si bel endroit sans s'y loger* » et « *d'avoir été si in-* « *considérés en bâtissant de ne pas songer à la symétrie* « *dans une île qu'ils pouvaient rendre plus belle cent* « *fois que celle d'Esculape, de l'ancienne Rome, et pour-* « *tant si célèbre !* »

Les premiers ponts bâtis par Marie eurent une destinée malheureuse.

Le premier construit, le Pont Marie, dont Louis XIII posa la première pierre, le 11 octobre 1614, en présence de Marie de Médicis, de Robert Miron (1), prévôt des marchands, et des échevins, fut achevé en 1635, mais une crue de la Seine l'emporta en 1637. Rétabli aussitôt, les eaux le rompirent une seconde fois en 1651. Trois ans après, on le reconstruisit, en pierre cette fois, et l'on y bâtit des maisons selon l'usage du temps.

Le premier mars 1658, entre minuit et une heure, un grand débordement de la Seine entraîna deux arches du côté de l'Ile et vingt-deux maisons qui y étaient bâties. Près de soixante personnes y laissèrent la vie. Des quêtes furent faites pour les victimes de cette catastrophe ainsi qu'en témoigne le document publié à cette époque et rapporté littéralement à la fin du présent volume.

Par patente du 17 mars 1659, Louis XIV ordonna la reconstruction des piles détruites, mais il fut interdit d'y établir de nouvelles maisons (2).

En 1670, les passants furent assujettis, sur ce pont, à un droit de péage pendant dix ans. En 1718, on y établit des « *appuis de pierre pour la commodité* « *de ceux qui sont curieux de voir ce qui se passe sur* « *la rivière.* » (Brice)

Le Pont Rouge et celui de la Tournelle ne subirent pas moins de vicissitudes ; le premier, construit en

(1) Fils de François Miron, également prévôt des marchands.

(2) En vertu d'un arrêt du Conseil du Roi en date du 14 Août 1785, il fut donné congé « *aux locataires des maisons appartenant à la ville sur* « *les ponts, pour être lesdites maisons abattues à compter du 1er janvier 1786.* »

bois en 1614, du quai Bourbon à la Cité, suscita tout d'abord la jalousie des chanoines de Notre-Dame; ceux-ci exigèrent qu'il n'aboutit pas à leur jardin. Marie dut alors le faire achever à angle droit jusqu'au port Saint-Landry, à la hauteur de la rue des Chantres. Il fut aussi emporté par une crue et reconstruit de 1617 à 1636 (1). Il n'était pas encore terminé qu'une procession ordonnée au sujet d'un jubilé y passa en 1634. Trois cortèges, ne voulant pas se céder le passage, s'y bousculèrent et rompirent les barrières; plusieurs personnes furent précipitées dans le fleuve où elles se noyèrent (Bélin et Pujol).

Détruit à nouveau en 1700, ce pont fut rebâti en 1717, puis supprimé en 1795.

Quant au Pont de la Tournelle, terminé en 1636, il fut aussi emporté l'année suivante rétabli en 1648, détruit par le débordement de 1651 et définitivement refait en pierre cinq ans après. En 1654, on y percevait un droit de péage de deux deniers pour les piétons, de six pour les cavaliers et de douze pour les voitures.

En 1605, on établit au-dessous de la première arche de ce pont, du côté de l'Ile, une machine hydraulique destinée à alimenter plusieurs fontaines, — on buvait de l'eau de Seine à cette époque! — Elle fut démolie dix ans après.

En 1730, la Ville ayant fait élargir le canal séparant l'Ile Louviers (2) de la rive droite, fit construire entre

(1) Par arrêt du Conseil du Roi, en date du 1er avril 1669, les droits de péage perçus sur « le pont de bois passant de l'Isle au « Cloître Notre-Dame » furent réunis au domaine de sa majesté.

(2) L'Ile Louviers, réunie en 1840 à la rive droite de la Seine formait l'espace actuel compris entre le fleuve et le Boulevard Morland jusqu'au canal.

celle-ci et l'Ile Saint-Louis une estacade de bois destinée à abriter les bateaux contre la débâcle des glaces en hiver. (J. Belin et Pujol)

L'Ile Notre-Dame avait, au XVIIe siècle, un aspect semblable, dans ses grandes lignes, à celui d'aujourd'hui. Une rue étroite la divisait en deux parties dans toute sa longueur, appelée rue Saint-Louys depuis l'extrémité occidentale jusqu'à l'Eglise et Grande Rue de l'Isle Notre-Dame, de l'Eglise à l'extrémité orientale. Cette artère était coupée verticalement par la rue Marie (ou des Deux-Ponts) et dans chaque portion par la rue Poulletier d'une part et les rues Le Regrattier et *de la Femme sans Teste* (1) d'autre part.

(1) La Femme sans Teste était une enseigne de pierre, où l'on voyait une femme sans tête, tenant un verre à la main, avec au-dessous cette inscription : « Tout en est bon ». Sauval en parle en ces termes. « Quant aux enseignes, le ridicule qui s'y trouve vient de mauvais rébus :

« A LA ROUPIE, une pie et une roue.

« TOUT EN EST BON, *c'est la Femme sans Tête.*

« A L'ASSURANCE, un A sur une ance.

« AU PUISSANT VIN, un puits dont on tire de l'eau.

« LE BOUT DU MONDE, un bouc et un monde.

« LES SONNEURS POUR LES TRÉPASSÉS, des sols neufs et des poulets tués. »

Les Quais avaient été construits en pierre de taille, et portaient les noms de : Quai Bourbon ; Quai Dauphin et Quai des Balcons (Quai de Béthune actuel) (1) ; Quai d'Anjou et Quai d'Alençon (Quai d'Anjou), Quai d'Orléans.

On trouve dans « *Paris ancien et nouveau* » par M. Le Maire, *3 vol. chez Nicolas Leclerc, sur le quay des Augustins* (1698), les renseignements suivants :

« *Le quartier de l'Isle Notre-Dame et de Saint-*
« *Bernard est partagé en quatorze dizaines et contient*
« *trente rues, cinq eglises, six collèges, un hospital,*
« *un jardin Royal des Plantes, deux fontaines publiques,*
« *les Ponts Marie et de Pierre, douze cens une mai-*
« *sons, quatre mil huit cens quatre habitans, et est*
« *dirigé par dix-neuf officiers de police* ».

L'Ile Saint-Louis, dès sa construction put s'enorgueillir de deux monuments d'une richesse artistique incontestable : l'hôtel de Lambert de Thorigny, et celui de Ragois de Bretonvilliers.

L'extérieur du premier n'offre aucun détail particulier ; seul, l'intérieur mérite une mention spéciale. Outre des peintures de Romanelli (l'histoire d'Enée) de Jacques Bassan (l'Enlèvement des Sabines) (2), et des paysages de Patel et d'Hermann, il possède des œuvres de Le Brun et Le Sueur qui sont parmi les meilleures de ces peintres. Le premier y peignit, entr'autres, les *Travaux d'Hercule*, et le second des épisodes de l'Histoire de l'amour, réunis en une

« De ces sept enseignes, celles du bout du monde, et de la Femme « sans Tête ont donné leur nom à des rues. »

Il reste une partie de cette enseigne au coin de la rue Le Regrattier et du quai Bourbon.

(1) Qui doit son nom à Maximilien de Béthune, duc de Sully, le célèbre ministre d'Henri IV.

(2) D'après Félibien, ce tableau aurait appartenu au Maréchal d'Ancre.

salle appelée « *Cabinet de l'Amour* » et *Phaéton* et *Ganymède*, qui sont au Louvre.

« *Le Brun*, — raconte Sauval. — *était occupé à ce tra-« vail* (1) *dans le temps que Le Sueur peignait les « chambres de cette maison, et comme la jalousie « les piquait, l'un et l'autre, très vivement, Le Brun « fit tous ses efforts pour remporter l'avantage sur « son concurrent, ce qui fait que les ouvrages de « peinture que l'on y voit sont considérés comme « les chefs-d'œuvre de ces deux grands maîtres* ».

Il ajoute plus loin : « *Cette maison a un air de « grandeur et de sagesse qui se distingue de fort « loin, et qui donne une idée avantageuse de la splen-« deur et de la magnificence de la ville de Paris, « surtout à ceux qui y arrivent du côté de Charen-« ton* ».

Cet hôtel, après avoir appartenu à Lambert de Thorigny, devint la propriété successive de la Marquise du Châtelet, l'amie de Voltaire, de la famille de La Haye, qui donna à Louis XVI une partie des richesses qu'il contenait pour la collection du Louvre, du comte de Montalivet, de la duchesse douairière d'Orléans, du Magasin des Lits Militaires, et enfin de la famille Czartoryski, qui en est actuellement propriétaire.

Quant à l'Hôtel de Bretonvilliers, bâti de 1641 à 1643, pour Ragois de Bretonvilliers, Président à la Cour des Comptes, sa situation sur la pointe orientale de l'Ile était plus favorable à la création d'un chef-d'œuvre ; l'intérieur, sans être aussi luxueux que celui de l'Hôtel Lambert, possédait néanmoins des peintures remarquables de Sylvestre et de Bourdon,

(1) Les Travaux d'Hercule.

ainsi que des copies de Mignard d'après des originaux de Raphaël.

Mis en vente en 1700, ce n'est que seize ans plus tard qu'il trouve acquéreur en la personne du Maréchal de Tallard. Quelque temps après, Louis XV y place le Bureau des Aides et du Papier Timbré, alors installé en l'Hôtel de Charni, rue des Barres.

En 1790, l'Hôtel de Bretonvilliers est déclaré propriété nationale par suite de l'émigration de son propriétaire, M de Montmirail, puis mis à la disposition du Ministère de la Guerre, le 12 Juillet 1793, par décret de la Convention, pour y établir une manufacture d'armes ; il est enfin vendu par l'Administration des Domaines à un particulier qui le morcèle et bientôt le percement du Boulevard Henri IV entraîne sa démolition. Il n'en reste aujourd'hui qu'une aile percée d'une voûte qui relie la rue Saint-Louis-en-l'Ile à la rue de Bretonvilliers et donne à cette dernière un aspect original.

De 1650 à 1658, fut bâti l'Hôtel Lauzun par les soins de Charles Gruyn, ami de Fouquet ; il mourut, peu après les déboires de ce dernier, laissant son hôtel à sa veuve qui le vendit à Lauzun, mari de Mademoiselle de Montpensier. Celui-ci, avec sa magnificence ordinaire, en fit une des plus riches maisons de Paris. Le marquis de Richelieu l'habita ensuite, puis un Receveur du Clergé nommé Ogier ; il passa enfin entre les mains de la famille de Pimodan jusqu'à la Révolution. Le Baron Pichon l'acheta en 1840 et le loua, quelques années après, à Roger de Beauvoir qui y écrivit son roman. « *Les Mystères de l'Ile Saint-Louis.* »

Cette demeure possède des souterrains qui s'étendent sous le quai et une partie de la Seine.

Jusqu'à la Révolution, il y eut peu de modifications dans l'Ile Notre-Dame.

Cependant, en 1745, un procès est intenté à la Ville par les propriétaires de l'Ile, pour l'obliger à faire, à ses frais, « *une reparation très urgente et indispensable pour la conservation de l'Ile Notre-Dame ; à* « *faire un gros mur du quay d'Alençon.* » La Ville perdit ce procès et dut s'occuper de la réfection des quais endommagés.

Le mot d'un des personnages d'une comédie figurant au répertoire du Théâtre Français en 1804 peint, de façon heureuse, les mœurs de l'Ile au XVIIIe siècle.

Dans *l'Ecole des Bourgeois*, de d'Allainval, une servante s'écrie : « *Adieu le Marais, l'Isle Saint-Louis, maisons où l'on va de porte en porte s'ennuyer, ou faire un quadrille.* »

C'est sur les rives de la Seine, contre l'Ile, que furent établis les premiers bains froids. Leur origine est des plus curieuses.

Vers 1781, un sieur Turquin eut l'idée de placer dans un bateau sur le petit bras du fleuve, près du pont de la Tournelle, plusieurs baignoires maintenues au niveau de l'eau par un plancher ; leurs parois étaient percées de trous qui permettaient au courant de les traverser et d'y renouveler l'eau constamment. Chaque baignoire, installée dans un cabinet, était assez grande pour recevoir jusqu'à trois personnes. Cet Etablissement stationnait encore au même endroit en 1787 et se dénommait « *Bains chinois* ».

Le succès qu'il obtint obligea Turquin à en ouvrir un nouveau. Dans ce dernier, les baignoires furent supprimées et il fut défendu de s'y montrer sans caleçon ; on y disposa des cabines pour se déshabiller (Mémoires Secrets de Bachaumont).

Dans ces conditions, on peut considérer que Turquin fut l'inventeur des écoles de natation, telles qu'elles sont encore installées actuellement. La deuxième située près des Bains Chinois, fut inaugurée le 16 juillet 1785. Il en établit bientôt une troisième à la pointe de l'Ile, puis une quatrième au Pont Royal.

Quelque temps auparavant, Poitevin, l'inventeur des Bains Chauds sur la Seine avait établi le second qu'il construisit en 1761, au bas du quai d'Anjou (1); il n'avait qu'un rez-de-chaussée. Cet établissement stationne encore contre une des piles du pont Sully, en face de la rue Saint-Louis-en-l'Ile.

(1) Cet établissement est ainsi mentionné dans l'*Almanach pour l'Etranger qui séjourne à Paris* (1779) :

« Pour la Commodité du public on a établi les mêmes bains à la « pointe de l'Isle Saint-Louis. »

La chapelle construite par Nicolas le Jeune, qui présentait le particularité d'avoir son chevet au midi, devint insuffisante lorsque les premiers travaux de Marie eurent amené des Parisiens dans l'Ile jusqu'alors délaissée, et elle dut être agrandie dès 1622.

Le procès-verbal que fit dresser M. de Gondi, alors Archevêque de Paris, le 3 avril 1623, porte « *qu'elle* « *était large de six ou sept toises, sur dix ou douze de* « *longueur, vitrée, couverte d'ardoises et ornée d'un* « *tableau représentant saint Louis et sainte Cécile* ». A la requisition de 200 habitants ce prélat l'érigea en église curiale et commit le sieur Guyard pour y célébrer les offices.

Le 14 Juillet de la même année, avec l'assentiment des curés des paroisses voisines (1), elle fut déclarée

(1) Saint Paul, Saint Gervais, Saint Nicolas du Chardonnet, Saint Jean le Rond.

paroisse elle-même, sous le vocable de *Notre-Dame de l'Ile*. (1)

La population s'accroissant rapidement, la petite église ne suffit bientôt plus et J.-B. Lambert ayant légué, en 1645, trente mille livres pour sa reconstruction, les travaux furent immédiatement entrepris sous la direction de Gabriel le Duc d'après les dessins de Le Vau. J.-B. de Champagne, marguillier de la paroisse, neveu de Philippe de Champagne, en conduisit les ornements de sculpture, et la porte principale fut dessinée par Gabriel le Duc lui-même.

Le premier Octobre 1664, Monseigneur Péréfixe, Archevêque de Paris, posa, au nom du Roi, la première pierre de la nouvelle église. En 1679, le chœur était achevé et Mgr. de Harlay, successeur de Mgr. Péréfixe, vint le bénir le 20 avril de la même année.

Un ouragan très violent ébranla, le 2 avril 1701, l'ancienne chapelle que l'on avait conservée avec la nouvelle construction; une poutre se détacha et atteignit mortellement le marquis de Verderonnes. Aussi, l'année suivante on décida la reconstruction de la nef, mais elle ne fut terminée que vingt-quatre ans après. Le clocher original, qui subsiste encore de nos jours, construit en pierres ajourées, selon les traditions du moyen âge, fut ajouté en 1741.

En 1726, l'Eglise avait été dédiée au roi Saint Louis et ce nom, qu'elle a conservé, s'adapta peu après à l'Ile tout entière.

On remarquait, en 1750, en face l'Eglise, un établissement de Sœurs de Charité qu'on avait fondé pour

(1) Un cimetière fut vraisemblablement annexé à l'église ainsi qu'en témoigne une pièce conservée dans les Archives de la Paroisse.

« *le secours des malades, et pour y prendre soin de* « *l'Instruction des jeunes filles* ». (1).

On se fera une idée de l'importance rapide que prit cette paroisse en rappelant qu'en 1650 elle comptait déjà trois écoles de charité pour garçons et entretenait six enfants de chœur.

Au XVIIe siècle, Uyon d'Hérouval, auditeur à la Chambre des Comptes, y fut inhumé ainsi que Philippe Quinault, également auditeur à la Cour des Comptes et poète de talent, membre de l'Académie Française, mort le 26 novembre 1688.

Sous la Révolution, l'église dévastée est désaffectée et sert de dépôt littéraire tout d'abord (Manuscrit de M. Labiche, 1880, bibliothèque de l'Arsenal); ensuite, le 13 thermidor an VI, elle devient la propriété de M. Fontaine qui la rend peu après au culte.

Lorsque Pie VII vint à Paris pour le sacre de Napoléon, M. Coroller, alors curé de Saint-Louis, sollicita sa visite pour sa paroisse. Le 10 mars 1805, le pape répondit à cette demande et admit les fidèles à la cérémonie du baisement des pieds. L'église fut magnifiquement parée pour cette réception que commémorent deux plaques de marbre posées en 1865, derrière le maître-autel.

Les titulaires successifs de la cure de Saint-Louis en l'Ile furent :

Louis Guyard de Saint-Julien, 1623 à 1657.

(1) Un « *Mémoire à consulter et Consultation pour les Compagnies de Charité de la Paroisse de Saint-Louis en l'Isle* » de 1788, conservé à la Bibliothèque de la ville de Paris indique que « *la fabrique de la Paroisse* « *a, depuis plusieurs années, une contestation avec un enfant de chœur qui* « *réclame, à titre de récompense, une somme de 100 liv. pour laquelle il pré-* « *tend qu'il a été fait un fonds destiné à cet objet provenant de la libéralité* « *de l'Abbé de la Ferrière.* »

Pierre de Graves, et non Degravelle, comme certains auteurs l'ont dénommé, de 1657 à 1680;

Bernard Croze, 1680 à 1695, qui appela Fléchier, le grand prédicateur, à prononcer un sermon à l'église Saint-Louis ;

Jacques Luillier, « *Docteur de Sorbonne,* » 1695 à 1726, qui fit exécuter les travaux pour la construction de la nef et assista le 13 juillet 1726, à la consécration de son église en l'honneur de saint Louis, roi de France;

Jacques Barthélemy de la Broise, 1726 à 1751 ;

Pierre Guillaume, « *licencie en loix de la Faculté de Paris* », 1751 à 1759 ;

Jacques-Thomas Aubry, 1759 à 1785 ; confesseur du Duc de Chartres, devenu plus tard Philippe Egalité ;

Jacques-Robert Coroller, 1785 à 1821.

(Ce dernier prêta serment à la constitution civile du Clergé.)

Jean-Baptiste Hubault de Malmaison, 1821 à 1864, chevalier de la Légion d'honneur par Napoléon III ;

Louis, Auguste, Napoléon Bossuet, 1864 à 1888, qui s'occupa beaucoup de l'embellissement de l'église et s'appliqua à réparer les soustractions opérées et les dégâts causés pendant la période révolutionnaire.

Enfin, l'abbé Delaage, son titulaire actuel.

L'église Saint-Louis, outre différentes reliques sur l'authenticité desquelles nous ne pouvons nous prononcer, renferme de nombreux tableaux, la plupart d'une valeur artistique médiocre, si nous en exceptons plusieurs peintures sur cuivre de Le Brun, un

Coypel, placé au-dessus de l'autel, et une « Dernière Communion de saint Louis » d'Ary Scheffer.

Quelques uns de ces tableaux sont attribués à Velasquez, Raphaël, Mignard, Fra-Angelico, mais il convient, selon nous, d'être plus circonspects, la manière bien caractéristique de ces peintres ne se retrouvant que fort imparfaitement dans ces œuvres.

Le bénitier en pierre indiqué comme provenant des carmélites de Chaillot, où Mlle de la Vallière aurait séjourné, ne semble pas plus authentique, Mlle de la Vallière, après avoir pris le voile sous le nom de Sœur Louise de la Miséricorde, ne resta que peu de temps chez les Carmélites, établies dans le quartier Saint-Jacques ; elle mourut bien à Chaillot, mais au sein de la congrégation des Visitandines qui, seules y résidaient. Il nous paraît donc que l'origine donnée à ce bénitier est le résultat d'une confusion qu'un examen plus attentif des mémoires du temps eût pu éviter.

Certaines boiseries sont intéressantes, bien qu'à notre avis d'un caractère un peu profane et peu en rapport avec le style sévère de l'édifice, quelques vitraux (1) ont un cachet artistique, mais, d'une façon générale aucune œuvre d'art ne se signale particulièrement à l'attention du visiteur.

Ce qui, pour nous, donne une originalité à l'Eglise, c'est sa situation même, son aspect extérieur. Sa vaste nef, pressée de toutes parts par les maisons, son clocher ajouré, son horloge de fer forgé posée à la façon des enseignes du moyen âge, ses murs noircis par les siècles s'harmonisent d'une façon heureuse avec la physionomie générale de l'Ile Saint-Louis.

(1) Dont trois offerts par la ville de Paris en 1841 et 1842.

Avec la Révolution, l'aspect de l'Ile se transforme; ce coin de Paris qui semblait béatement endormi sous le joug monarchique, se réveille à l'aube de liberté qui se lève sur la France.

C'est autour d'elle, l'hôtel de la Régie des Poudres envahi, l'Arsenal forcé, la Bastille emportée dans la tourmente déchaînée contre les abus qu'elle semble personnifier, c'est ensuite l'Hôtel-de-Ville assiégé où succombent Flesselles, Launay, Foulon et tant d'autres temporisateurs, où Louis XVI, ramené de Versailles par une foule affamée, est l'hôte, sinon le prisonnier de ce peuple sur lequel il règne encore, c'est enfin Notre-Dame où l'Archevêque de Paris *« emporté — dit Chamfort — par le premier torrent de l'opinion publique »* fait chanter un Te Deum et reçoit, en récompense, une couronne civique.

Grisés par l'odeur de poudre et de sang qui emplit

l'atmosphère pendant toute la période révolutionnaire, les habitants de l'Ile Saint-Louis contribuent, pour leur part, aux grands événements qui ouvrent une ère nouvelle dans l'Histoire des Peuples.

L'église est envahie, dévastée, l'orgue brisé ; ses tuyaux de plomb arrachés servent à fabriquer des balles pour repousser la coalition étrangère, les autels sont transformés en tables pour les orateurs improvisés et le presbytère devient le siège d'un Tribunal Révolutionnaire.

Toute la population aristocratique a émigré, des représailles contre leurs biens sont exercées par les pouvoirs publics, et M. de Montmirail, propriétaire de l'Hôtel de Bretonvilliers, voit son hôtel mis à la disposition du Ministre de la guerre pour y établir, comme il a eté dit plus haut, une manufacture d'armes à feu.

L'abbé Coroller, curé de l'Eglise, prête serment à la Constitution, ainsi que deux de ses vicaires, et se réfugie dans une maison de la rue de la Femme-sans-Teste.

En 1792, l'Ile débaptisée, prend le nom d'Ile de la Fraternité et forme la 35e section de Paris (1).

Les rues changent également de désignations : la rue Saint-Louis devient rue de la Fraternité (2) la rue Poulletier, rue Florentine, les quais sont dé-

(1) Lorsque les Sections de Paris furent réunies par classe, celle de la Fraternité fit partie de la première classe avec les Sections de l'Observatoire, de la place Royale (actuellement place des Victoires), de l'Arsenal, de Notre-Dame, des Enfants Rouges, etc...

(2) Avant de porter le nom de Saint-Louis cette rue s'était appelée primitivement rue Palatine, depuis la pointe orientale de l'Ile jusqu'à la rue des Deux-Ponts et rue Carelle pour l'autre partie. Vers 1654, elle s'appela pour quelques années rue Marie.

nommés Quai de l'Union (1), de la République (2), de l'Egalité (3) de la Liberté (4).

Le 23 mai 1793, Coffinhal (5) président de la Section de la Fraternité qui avait été chassé du Tribunal Révolutionnaire 4 jours auparavant, sous le prétexte qu'il prenait des notes, dénonça le complot formé contre le Salut Public dans les Assemblées d'où il avait été exclus (celles des 19 et 20 mai).

Cette section, avec Coffinhal et François comme commissaires, adhéra à l'adresse demandant la déchéance de Louis XVI.

L'avènement de Bonaparte ramène la tranquillité et le calme dans l'Ile ; les noms donnés à ses rues pendant la Révolution laissent la place aux anciens, — on adore ce que l'on a brûlé et on brûle ce que l'on a adoré, — toutefois et d'une façon éphémère, la rue Saint-Louis en l'Ile s'appelle rue Blanche de Castille et la rue Guillaume, du nom de l'un des derniers entrepreneurs de l'Ile, prend celui de Budé (6) qu'elle a conservé jusqu'à nos jours.

En 1801, des travaux furent entrepris, après la mise

(1) Quai d'Anjou.
(2) Quai Bourbon.
(3) Quai d'Orléans.
(4) Quai de Béthune.
(5) Coffinhal devint ensuite président du Tribunal Révolutionnaire ; il habitait une maison portant le n° 5 de la rue Le Regrattier.
(6) Guillaume Budé, philologue et prévôt des marchands (1467-1540),

au concours du projet, pour remplacer le Pont Rouge; achevé en 1804, le nouveau Pont, dit de la Cité, était long de 64 mètres, construit en bois sur des arches bâties sur pilotis et les piétons seuls y avaient accès moyennant péage.

Il fut remplacé, en 1842, par un pont suspendu auquel fut substitué le pont métallique actuel qui prit le nom de Pont Saint-Louis.

Le « Moniteur » du 4 novembre 1841, porte que celui construit, en 1801, avait coûté 380.000 francs et rapporté 30.000 fr. de péage.

Ce dernier mot fait songer aux énormes prélèvements faits par les entrepreneurs des ponts au préjudice de la population urbaine, et en particulier de celle de l'Ile, notamment par la *Compagnie des Trois Ponts*.

Cette Compagnie, autorisée par la loi du 24 Nivôse an IX (15 mars 1801) à construire trois ponts sur la Seine, dont un entre la Cité et l'Ile Saint-Louis, se distinguait par l'élévation excessive de ses tarifs. Déjà, en 1828, des réclamations s'étaient produites, la presse s'était fait l'écho des plaintes générales, mais cet état de choses dura jusqu'en 1844. A cette époque, les Parisiens lassés, manifestèrent violemment leur indignation ; les bureaux de perception furent envahis et détruits. Plusieurs habitants ayant refusé d'acquitter les taxes perçues, furent conduits au bureau de Police et obtinrent ainsi la preuve de l'exagération du péage. Immédiatement un Comité de protesta-

enterré à Saint-Nicolas-des-Champs, fut également Maitre des requêtes à l'Hôtel du Roi, ambassadeur près de Léon X.

On a de lui : des Annotations sur les Pandectes (1508), des Commentaires sur la langue grecque (1529 et des lettres grecques qui éclairent d'une façon intéressante la littérature de ce temps.

tion et de défense se forma. Boulay de la Meurthe, Carnot, Considérant, Boutarel en firent partie, un procès s'engagea pour les frais duquel une souscription fut ouverte.

Le prospectus distribué à cette occasion porte notamment : « *Dans l'Ile Saint-Louis, il n'est pas un* « *habitant qui n'ait souscrit ou ne soit prêt à souscrire* « *à l'Etude de M. de Vietville, notaire, Quai d'Or-* « *leans, 4.* » (1)

Le procès dura 3 ans et se termina par la suppression des droits de péage sur tous les ponts de Paris.

Les habitants de l'Ile Saint-Louis avaient ainsi, par leur initiative et leur tenacité, contribué, pour une grande part, à détruire un privilège qui rappelait trop ceux qui avaient disparu dans l'enthousiasme de la nuit du 4 août 1789.

En mars 1834, on construisit de la pointe occidentale de l'Ile au quai de l'Hôtel-de-Ville un pont suspendu, le premier de Paris pour lequel on ait employé des câbles de fer et qui coûta un million. Les voitures légères seules étaient admises à circuler et un péage de cinq centimes y était perçu.

Il fut remplacé, en 1860-61, par le Pont Louis-Philippe actuel construit en pierres de taille et à arches. Ce fut à cette époque que l'on perça la rue du Bellay qui le réunissait au Pont Saint-Louis et mettait ainsi les rives du fleuve en communication directe en passant sur les trois bras de la Seine par l'Ile et la Cité.

A l'extrémité opposée, les facilités d'accès dans

(1) Document conservé à la Bibliothèque de la ville de Paris).

l'Ile furent augmentées par l'établissement, en 1837, de deux passerelles, l'une entre le quai Saint-Bernard et le quai de Béthune, l'autre entre le quai d'Anjou et celui des Célestins. La première prit le nom de Constantine, la seconde, celui de Damiette. Elles furent remplacées, en 1874-1876, par le pont Sully actuel.

En 1847, le vieux pont de la Tournelle fut élargi sous la direction de La Galissière et doté de contreforts métalliques qui subsistent encore aujourd'hui.

Le Pont Marie (1) fut également réparé, en 1849, les pentes en furent adoucies et les arches restaurées.

Sur des terrains appartenant à MM. Boutarel, Horson et Leblanc fut ouverte, en 1846, la rue Boutarel. (2)

Cette voie nouvelle, reliant la rue Saint-Louis en l'Ile au quai d'Orléans, fut fermée à ses extrémités par deux grilles et éclairée par des quinquets.

Mgr. l'Archevêque de Paris avait élu domicile,

(1) Il a été mis au rang des monuments historiques, en 1887.

(2) Le nom de Boutarel inspira à Alexis Martin la page suivante qu'il nous a semblé intéressant de reproduire :

« Après 1830, Boutarel fut le zélé capitaine d'une compagnie de la « Garde-Nationale ; compagnie type, la compagnie Boutarel ; son chef « l'équipait à ses frais et dessinait l'uniforme que ses hommes devaient « porter.

« Ce furent des gardes nationaux de la Compagnie Boutarel qui, les « premiers, parurent le sac au dos à une revue.

« Voulez-vous être mieux renseignés sur la Compagnie Boutarel ? Lisez-« en l'histoire, un peu chargée, peut-être, mais vraie, au fond, dans « *Jérôme Paturot*, de Louis Reybaud. »

en 1831, en l'ancien Hôtel Chenizot (1) situé au n° 51 de la rue Saint-Louis-en-Ile ; c'est là que Monseigneur Affre fut rapporté mourant des barricades du faubourg Saint-Antoine où il avait voulu arrêter l'effusion du sang, le 25 juin 1848.

(1) L'Hôtel Chenizot, bâti au XVIIIe siècle, s'étendait avec ses jardins jusqu'à la Seine. Il fut habité successivement par M. de Vins et M. Lafond, riche négociant ; la ville de Paris le prit ensuite à bail pour y établir provisoirement le Palais épiscopal puis, pour une douzaine d'années servit de caserne de gendarmerie ; il est maintenant transformé en immeuble de rapport.

L'Ile Saint-Louis eut encore sa part dans les douloureux événements de 1870-71.

Les édifices et les maisons de l'Ile souffrirent peu du bombardement des Prussiens, mais une ambulance dut être établie dans l'église pour soigner les nombreux blessés qui étaient relevés dans les rues.

Le 18 mars 1871, la Commune est proclamée, des barricades sont dressées dans l'Ile, le drapeau rouge hissé sur son clocher et une ère d'angoisse s'ouvre pour ses habitants pacifiques.

Chaque jour amène une appréhension nouvelle, le 26 mars, Amouroux, Arnould, Clémence, Arthur Lefrançais sont élus délégués du 4e arrondissement.

Le 4 avril suivant, le Curé ferme son église de crainte qu'elle ne soit pillée; le 2 mai, les sœurs sont expulsées des établissements qu'elles occupaient, par Duval, délégué à la mairie.

Pour répondre à l'entrée des Versaillais dans Paris, la Commune fait afficher, le 22 mai, la proclamation de Delescluze et immédiatement l'Ile est en partie dépavée et couverte de barricades. Le surlendemain elle est entourée d'un cercle de feu par l'incendie de l'Hôtel-de-Ville, du Grenier d'Abondance et de la Halle aux Vins; enfin le 25, vers 9 heures du matin, des troupes prennent position sur le quai Saint-Bernard, mais les barricades sont faiblement défendues et, quelques heures après, l'Ile est occupée par un régiment de ligne, les batteries du Père Lachaise envoient sur l'église des obus qui lui font peu de mal.

Toute cette journée des perquisitions furent opérées chez les habitants, et le soir, les orifices des caves bouchés afin d'empêcher d'y introduire des matières inflammables; la troupe campa dans les rues au milieu de matériaux et débris de toute nature, parmi les cadavres des Fédérés.

Lorsque, le 28 mai, l'insurrection fut complètement maîtrisée, le corps de Monseigneur Darboy, traversa l'Ile avant d'être inhumé.

Depuis, les habitants de l'Ile s'occupent d'améliorer leurs moyens de communication avec les autres quartiers de la capitale et faire disparaître non pas les frontières, mais les limites naturelles qui les isolent. De nombreuses lignes d'omnibus la sillonnent créant une animation profitable et les bateaux-mouches accostent ses quais. M. Jolibois, le distingué Conseiller municipal, vient d'obtenir un avis favorable au remplacement du pont de la Tournelle par un pont métallique à une seule travée ainsi qu'à la reconstruction de la vieille Estacade.

Nous devons nous incliner devant le progrès et l'évolution transformatrice et quelquefois destructive qu'il fait subir aux choses d'antan, mais les amis du vieux Paris voient avec regret disparaître, un à un, les vestiges d'un passé qui eut sa grandeur et son génie, et dont l'évocation leur est de plus en plus rendue difficile.

Aussi réjouissons-nous de la décision de la ville de Paris qui a érigé l'Hôtel Lauzun (1) en musée et, par cette mesure, a permis d'en assurer la conservation, ainsi que de la désignation par elle de l'Ile Saint-Louis et du Marais, comme sujet de son concours de photographie de 1905.

Et pour terminer cette esquisse nous ne pourrons mieux faire que de laisser chanter la lyre de l'auteur des Lundis, le poète Saint-Beuve dont les « *Contemplations* » nous rapportent l'écho.

« *Dans l'Ile Saint-Louis, le long d'un quai désert*
« *L'autre soir je passais.....*
. . . .
. . . .
« *Le soleil se couchait sur de sombres rideaux*
« *La rivière coulait verte entre les radeaux*
« *Aux balcons, çà et là quelque figure blanche*
« *Respirait l'air du soir.....*

(1) Deux salles de cet hôtel ont été mises à la disposition de la Société « *Les Parisiens de Paris.* »

Et murmurons avec lui :

« *Et tout cela revient en mon âme mobile*
« *Ce jour que je passais, le long du quai, dans l'Ile.* »

APPENDICE

La Cheute du Pont Marie en l'Isle Nostre Dame à Paris [1]

Cette cheute, qui arriva le vendredy premier Mars 1658, environ une heure après minuit, a servy d'entretien à beaucoup de personnes, mais peu en ont connu jusques à present la perte veritable.

On a bien sceu que deux arches de ce Pont sont tombées, & qu'elles ont emporté avec elles vingt maisons, c'est à sçavoir dix de chaque costé.

On a bien sceu que plusieurs des locataires & souslocataires de ces maisons sont peris.

On a pareillement sceu que beaucoup de biens ont esté perdus.

Mais il estoit impossible de compter au vray la perte des personnes & des biens, que par la discussion de tout ce qui estoit en chacune des maisons, & avec chacuns des locataires & souslocataires qui sont restez, veu mesme que ceux qui demeuroient sur le Pont ne se connoissoient presque point les uns les autres, & qu'on n'en a point trouvé qui sceussent toutes les personnes qui demeuroient aux maisons voisines.

Le Pont Marie contenoit cinq arches de pierre, & sur ces cinq arches, cinquante maisons, vingt-cinq de chaque costé, toutes les maisons d'égale hauteur, chaque maison composée du

(1) Document de l'époque conservé à la Bibliothèque de la ville de Paris et non encore publié.

rez-de-chaussée, d'une sous-ente au-dessus, & de quatre autres estages, dont le dernier est une chambre lambrissée ou le grenier.

Il y avoit déjà quelque temps que l'on estoit adverty que le cours de l'eau avoit cavé le dessous de l'une des piles, mais on n'estimoit pas qu'il y eust tant de peril, ny qu'il deust estre si proche, ny que le tout pust tomber tout d'un coup, veu que les bastiments menacent, & tombent en quelque partie auparavant que de tomber entierement. Il n'y a jamais eu de commandement de deloger des maisons, comme aucuns en ont fait courir le bruit.

Il est bien vray, qu'à cause de la cruë & de la violence des eaux, qui depuis un mois ont fait une infinité de desordres dans Paris, & és environs, par toute la France, & aux pays étrangers; aucuns des locataires & souslocataires du Pont-Marie avoient emporté quelques meubles & qu'aucuns estoient allé coucher ailleurs, mais tout cela est peu en comparaison de ce qui en estoit resté.

Quelques personnes voyant que les eaux avoient commencé à diminuer deux jours auparavant, qu'on les accusoit de trop de craintes, & qu'on avoit asseuré qu'il n'y avoit point de danger au Pont, firent rapporter chez eux une partie de ce qu'ils en avoient osté, & d'autres y retournerent coucher, à quoy ils furent invitez par l'exemple de ceux qui n'en estoient point sortis, & qui estoient en beaucoup plus grand nombre que ceux qui en estoient sortis. Personne n'auroit voulu hasarder ses biens, sa vie & son salut.

Tous ceux qui estoient dans les maisons seroient peris par la cheute s'ils eussent esté entierement surpris; il y eut un peu d'interval, qui pourtant ne fut pas bien long pour se sauver, & pendant lequel chacun ne pût pas estre adverty, outre qu'il y en a qui ont peris avant que d'avoir esté éveillez d'autres pour n'avoir pû ouvrir leur porte, les bastiments estant déjà affaissez, d'autres pour n'avoir point eu assez de loisir pour sortir, & d'autres pour avoir voulu sauver quelques hardes.

Ce qui donna l'advis, fut qu'aucuns qui n'estoient point encore couchez, entendirent tomber quelques pierres, quoy que les portes & les fenestres fussent fermées & qu'en voulant les ouvrir, ils y trouverent de la difficulté. Cela dura fort peu dautant que le defaut venant de dessous, chacune maison est tombée tout entiere, la masse est tombée en trois temps, & toutefois, on peut dire qu'il n'y eut quasi point d'interval en la cheute.

Du Costé du Quay de Bourbon

La premiere maison estoit occupée par le sieur Frezon Notaire.

La cheute de cette maison est assez etrange : l'estude qui estoit au rez de chaussée, une partie des ustanciles de cuisine, une partie des hardes dudit sieur Frezon & une partie de la troisiéme chambre sont tombez sur le quay : il y a quantité de pierres de taille : c'est ce qui fit le plus grand bruit : il y a eu aussi de cette cheute beaucoup de bois, de fer, & de meubles rompus ; & se sont trouvez sous ces ruines quelques marchandises de la maison suivante.

Ledit sieur Frezon, un clerc & une servante sont peris.

En la deuxiéme chambre, le nommé Leduc Huissier, & sa femme sauvez : ils n'y couchoient plus.

Presque tous leurs biens perdus.

Le principal clerc qui estoit couché en la troisiéme chambre, est tombé sur le Quay, ne s'estant éveillé que depuis la cheute, entendant beaucoup de bruit sans sçavoir ce que c'estoit, ny en quel lieu il estoit, sinon qu'il se sentit tout environné de pierres, & blessé, ayant crié il fut retiré ; il n'avoit que son caçon, il s'enfuit aussi tost ne sçachant où il alloit, il avoit plusieurs contusions, mais il est guery : son compagnon qui estoit dans la mesme chambre, mais dans un autre lict, est tombé dans l'eau. Personne n'est sorty de cette maison, ce principal clerc ayant esté enlevé & sauvé par une espèce de miracle.

Toutes les minutes dudit sieur Frezon se sont trouvées : il en avoit mis une partie en une maison dans l'Isle & l'autre partie s'est trouvée sous les ruines. Presque tous ses meubles sont perdus, ce qui s'en est trouvé, entierement rompu.

S'il est parlé de cette maison dans ce memoire & de celle du sieur Feret, aussi Notaire, qui demeuroit en l'autre coin vis-à-vis, ce n'est que pour n'omettre ancune circonstance de ce qui est arrivé en la cheute du Pont, & non pas pour mettre ny l'une ny l'autre de ces deux maisons au nombre de celles pour lesquelles on demande la charité (la fin principale de ce memoire n'estant que pour exciter la charité) le sieur Feret & sa femme qui sont sauvez, ny les héritiers du sieur Frezon qui est pery, ne demandent aucune chose, quoy qu'ils ayent beaucoup perdu.

Le locataire de la deuxiéme chambre est reduit à ne pouvoir faire la mesme déclaration.

LE GRAND COR-NET

La deuxiéme maison estoit occupée par Malbest Quinquallier. Sa fille aisnée âgée de treize ans est perie.

Luy, sa femme, & trois fils dont le premier, âgé de onze ans, le second de huit, le troisiéme de six ans sont sauvez.

Il possédoit beaucoup de biens en marchandises & en meubles. Il occupoit seul la maison, laquelle estoit entierement remplie & où il y avoit plusieurs magazins. Il a perdu plus qu'aucun autre, quoy qu'il ait sauvé quelque chose, mais fort peu en comparaison de sa perte.

L'ES-CHAR-PE.

La troisiéme maison estoit occupée par Dupuy Coutelier.

Luy, sa femme, & un enfant en maillot ont esté sauvez.

Il a tout perdu.

En la premiere chambre, Marie Bonnemain, veuve d'Eloy Manceau, Blanchisseuse, avec deux garçons, l'un de dix neuf ans qui est Tourneur, & l'autre de seize ans qui est Marinier. Sauvez. Ils estoient couchez ailleurs. Ladite veuve n'a emporté que son lict, le reste perdu. Elle a une fille mariée.

Au premier bouge, dame Marie Garde des malades de la Paroisse, sauvée. Elle a tout perdu.

En la seconde chambre les sieur & dame Flereau, qui estoient absens. La chambre estoit bien accommodée.

Tout perdu.

En la troisiéme chambre la veuve Lebon nommée Nannon Pannier agée de vingt deux ans, qui coule la lessive pour autruy, sauvée.

Sa chambre bien garnie : Tout perdu.

En la quatriéme chambre Dalays qui avoit receu l'Extréme-Onction, & sa femme qui vouloit sauver son mary en cet estat sont peris. Un petit enfant en maillot sauvé. Tout perdu.

La quatriéme maison estoit occupée par la dame Lemoyne Lingere, dont le mary est à Lyon.

La femme et la fille peries.

Elle a laissé un fils âgé de douze ans en pension au Cimetiere S. Jean. Tout perdu.

LA TOVR D'ARGENT.

Une fille Lingere qui estoit avec elle sauvée, mais qui n'a sauvé que sa personne.

En la premiere chambre, Songé Cordonnier, & sa femme Perruquiere, sauvez. Tout perdu.

Au premier bouge, Fremine veuve d'un Arracheur de dents sauvée. Tout perdu.

En la seconde chambre Jacqueline Alliot veuve de Jacques Aubry Maistre Maçon, & Helene Maillet veuve de Jean Claye Maistre Passementier Boutonnier, qui filoient de l'or et de l'argent, sauvées.

Elles ont tout perdu : ladite veuve Aubry y a plus perdu que l'autre.

Ladite veuve Claye a une petite fille de sept mois chez sa mere-grand au fauxbourg S. Germain.

En la troisiéme chambre un nommé Gilles qui estoit Tailleur, pery, sa femme grosse, preste d'accoucher & deux enfans, l'un de cinq ans & l'autre de dix-huit mois, sauvez. Tout perdu.

Au bouge de la mesme chambre, Elizabeth sœur de ladite femme, & sa fille peries. Tout perdu.

Elle a laissé deux enfans, sçavoir une fille de dix-huit ans demeurante chez le sieur Ferot Chapellier, ruë S. Denis, & un fils de quatorze ans demeurant chez un Tisserand, ruë du Verbois, proche le Temple.

En la quatriéme chambre, Morié Charpentier, sa femme, & trois enfans, sçavoir deux filles, l'une agée de quatorze ans, & l'autre de cinq ans, & un petit garçon de dix-huit mois, Sauvez.

Ils ont tout perdu ; ils estoient très pauvres.

La cinquiéme maison, qui estoit cy-devant occupée par Nicole Fruictier.

La boutique estoit fermée, & personne n'y demeuroit.

LA LUNE

La première chambre estoit tenuë par Lecomte Blanchisseux, qui demeuroit en la maison suivante.

En la seconde chambre, la dame Morel, une fille & deux jeunes hommes ; on les croit tous peris, & tout ce qui estoit dans la chambre perdu, parce que depuis on n'en a veu personne.

En la troisiéme chambre, on ne peut sçavoir par qui elle estoit tenuë n'estant demeuré qui que ce soit de cette maison, laquelle estoit fort peu fréquentée par les voisins.

En la quatriéme chambre, un Tailleur nommé Marchand, et sa femme Couturiere, peris. Tout perdu.

LES DEVX COVTELAS.

La sixiéme maison estoit occupée par Guillebault Fourbisseur.

Luy, sa femme, & un fils de dix-sept ans, sauvez.

Il a beaucoup perdu, & quoy qu'il ait sauvé quelque chose, c'est une des pertes plus considerables.

En la premiere chambre Lecomte Blanchisseux, sa femme preste d'accoucher, & une fille âgée de douze ans, peris

Tout perdu.

La mere de sa femme âgée de soixante ans, une fille âgée de dix ans, et une servante nommée Edmée de Vienne, sauvées, mais elles n'ont rien du tout.

Lesdits Lecomte et sa femme ont laissé deux autres petits enfans, c'est à sçavoir un garçon de cinq ans à Lagny le sec et une fille âgée de deux ans à Sognolle.

En la seconde chambre la dame Petit veuve d'un Peintre, perie, aprés avoir sauvé ses enfans en retournant pour sauver quelque chose de ses biens.

Il y a un an que son mary fut noyé.

Elle a laissé cinq enfans sçavoir trois garçons & deux filles, l'un des garçons âgé de dix-huit ans, un autre de dix, & un autre de trois, l'une des filles âgée de quatorze & l'autre de sept.

Tout perdu.

En la troisiéme chambre, les sieur & damoiselle Metel ; le mary estoit aux champs, & la femme estoit délogée : mais tout le meuble qui estoit demeuré est perdu.

En la quatriéme chambre un nommé Thillier, sa femme, & trois enfans, ils n'y couchoient plus.

La septiéme maison estoit occupée par la Dame Brunet.

Elle, & une fille qu'elle avoit en pension peries.

LE PIGEON BLANC.

En la premiere chambre un Armurier & sa femme : la femme perie : luy, & trois enfans sauvez, sçavoir un fils âgée de vingt-cinq ans, & deux filles dont l'une de dix-huit & l'autre de douze ans. Tout perdu.

En la seconde chambre la dame Bourgeois, sauvée.
Tout perdu.

En la troisieme chambre la dame de Seve, sauvée.

Elle estoit peu riche. Tout perdu.

En la quatriéme chambre Cochois Savetier, & sa femme, sauvez.
Tout perdu.

LE MARTEAU D'OR

La huitiéme maison estoit occupée par Guillaume Chapellain Potier d'estain. Luy, sa femme, un petit enfant en nourrice, & son garçon qui sortit tout nud, sauvez.

Tout perdu, sa perte considérable.

En la premiere chambre le nommé François Remy Visiteur de Cave, & sa femme, estoient couchez ailleurs.

Ils ont perdu beaucoup de choses, quoy qu'ils eussent emporté quelques meubles.

En la seconde chambre Pierre Chevillart, dit Dumay, Marchand de fromage, pery.

Sa femme qui estoit mariée depuis six mois, & un garçon d'un premier lict du mary, âgé de quinze ans, sauvez.
Tout perdu.

En la troisiéme chambre le cocher de Madame Bedacié : luy & sa femme n'y couchoient plus.

Ils ont perdu peu de chose.

En la quatriéme chambre la dame Tuault, elle & deux garçons jumeaux âgez de quatre mois, qui n'y couchoient plus, sauvez.
Tout perdu.

LE PEROQUET.

La neuviéme maison estoit occupée par Jean Martin Esperonnier. Luy, sa femme & une petite fille âgée de cinq ans, sauvez. La plus grande partie de leurs biens perduë.

Siméon Chasteau compagnon sauvé.

Toutes ses hardes et habits perdus.

En la premiere chambre, une Damoiselle de Poictou, qui en

estoit sortie six jours auparavant, & avoit emporté tous ses meubles.

En la seconde chambre, les sieur et dame Cheiere, & un petit garçon âgé de six ans : ils estoient couchez ailleurs.

Ils ont perdu leurs meubles et tapisseries.

En la troisiéme chambre, Chevalier & sa femme, & deux enfans sauvez ; ils estoient délogez.

En un bouge le nommé Claude Marinier, Marguerite sa femme, & une petite fille âgée de cinq ans peris. Tout perdu.

En la quatriéme chambre Claude Mesmin, sa femme & sa fille peris.

Un fils âgé de quinze ans sauvé. Tout perdu.

La dixiéme maison estoit occupée par la dame Cochois Lingere.

LE GRAND GVIDON ESCOSSOIS.

Elle, & sa fille de boutique âgée de dix-huit ans, & son fils Fourbisseur âgé de seize ans, qui tenoit la boutique, sauvez.

Ladite Cochois est veuve depuis six mois ; encore qu'elle ait recouvré quelque linge, sa perte est des plus considerables.

Elle avoit en pension un Escolier qui estudioit en Theologie, lequel est sauvé, mais a tout perdu.

En la seconde chambre Ambroise Revel, & sa femme sauvez. Tout perdu.

En la troisiéme chambre, la dame Richer, & deux filles, l'une de quatorze, & l'autre de douze ans, sauvées. Tout perdu.

En la quatriéme chambre une femme nommée Claude Lestuvé, sauvée. Tout perdu.

Du Costé du Quay Dauphin

La premiere maison estoit occupée par le sieur Feret Notaire.

Luy, sa femme, & leur petite fille estoient couchez en une maison voisine.

Deux clercs et un petit garçon âgé de huit ans peris.

Les minutes dudit sieur Feret ont esté conservées, les ayant mis hors de sa maison, à la reserve d'un Inventaire; il esperoit emporter ou sauver le reste, mais il a esté prévenu, & son estude est tombée dans l'eau; il ne s'est retrouvé qu'une petite boeste des papiers plus importans.

Beaucoup de meubles, & quelque argent perdus.

Il a esté cy-devant remarqué que cette maison n'est mise au nombre des autres, qu'à cause qu'elle fait partie du Pont, & non pas pour la charité.

LE DAVPHIN

La deuxiéme maison estoit occupée par François Renouard, Potier d'Estain.

Luy, sa femme sauvez, point d'enfans.

Ils ont perdu presque tous leurs biens, & sa perte fort considerable.

Quatre garçons de boutique, sçavoir Michel Cocu âgé de vingt-quatre ans, Jacques Vigneron de mesme âge, Jacques Postel de dix-sept ans, Claude Charlot de seize ans, ont perdu toutes leurs hardes.

En la seconde chambre Lespine Cocher de Monsieur Despinoy, & sa femme, sauvez. Tout perdu.

En la troisiéme chambre Fontainçois, Plombier travaillant aux fontaines, sa femme, & un enfant de trois mois, sauvez : ils n'y couchoient plus il y avoit trois jours.

Ils n'ont pas beaucoup perdu.

En la quatriéme chambre, la Vallée Cocher, & sa femme, sauvez : ils n'y couchoient plus il y avoit quatre jours.

Ils n'ont pas beaucoup perdu.

LE POT D'ESTAIN

La troisiéme maison estoit occupée par Guillaume Lambert.

Luy, sa femme, & deux petits garçons, l'un de sept ans, & l'autre de dix-huit mois, sauvez : il tenoit chambre garnie. Presque tous ses meubles perdus, sa perte assez considerable.

En la premiere chambre estoit logé le sieur de Beauregard du Plessis sur Seine. Luy & sa femme, sauvez.

En la seconde chambre, le sieur du Servoy, cy-devant Lieutenant Criminel de Sens estoit sorty.

En la troisiéme chambre, il n'y avoit alors personne.

En la quatriéme chambre, personne.

La quatriéme maison estoit occupée par de Lariviere Fruitier.

LE CHEVAL BLANC.

Luy, sa femme, & six enfans : sçavoir deux garçons & quatre filles, l'un des garçons âgé de quinze ans, & l'autre de dix, une fille de dix-sept ans, une autre de treize, une autre de douze, & une de quatre, sauvez. Tout perdu.

En la premiere chambre, le sieur Dandouville, sa femme, & trois filles, une de seize ans, une de six, & une d'un an, sauvez. Tout perdu.

Elle a aussi laissé un fils de dix-sept ans, qui est absent.

En la seconde chambre la dame Philion, perie, & sa fille de dix-huit ans, sauvée. Tout perdu.

En la troisiéme chambre le sieur Mullot Espicier, & deux enfans peris.

Sa femme sauvée. Tout perdu.

Elle a un fils de dix-huit ans en apprentissage.

En la quatriéme chambre la dame Lambert et son fils, peris.

En un bouge, Thierry, Portier de Monsieur de Bretonvilliers pery.

LA CLOCHE.

La cinquieme maison estoit occupée par Marc Antoine le Prestre Quinquallier, qui tenoit toute la maison.

Luy, sa femme et deux garçons, sauvez.

Sa perte tres considerable.

LE CROISSANT.

La sixiéme maison estoit occupée par Dupuy Esperonnier.

Luy, sa femme & deux enfans, sçavoir une fille de huit ans, & un petit garçon de dix-huit mois, Sauvez. Tout perdu.

Pierre du Fresne son apprenty âgé de vingt ans, sauvé, a perdu tout ce qu'il avoit.

En la premiere chambre la demoiselle du Clos, il y avoit huit jours qu'elle estoit sortie.

Elle avait tout emporté, horsmis quelques meubles de bois, mais elle devoit le terme courant.

En la seconde chambre le nommé Horrier Tailleur, & Magdelaine Beaucorps sa femme, un fils âgé de quatre ans, & une sœur âgée de quatorze ans, sauvez. Tout perdu.

En la troisiéme chambre. Jacques Despontin, dit la Roche. Valet de Chambre, il s'en estoit allé quatre jours auparavant.

Il a pourtant perdu beaucoup de meubles et de hardes.

En la quatriéme chambre le nommé la Taille Cocher, & sa femme, peris. Tout perdu.

La septiéme maison estoit occupée par Collet Chapellier. Luy, sa femme, & un garçon peris. Tout perdu.

LE CHAPEAV ROYAL.

Ils ont laissé un fils âgé de trente-cinq ans, demeurant à Mortagne au Perche.

En la premiere chambre dame Marie Vendeuse d'eau de vie perie. Tout perdu.

Elle a laissé une fille âgée de vingt-deux ans, qui s'estoit retirée en la ruë Sainct-Jacques.

En la seconde chambre le nommé Sommier Peintre, & un enfant, peris.

Sa femme & trois filles, l'une de douze ans, l'autre de huit, & l'autre de six ans, sauvées. Tout perdu.

En la troisiéme chambre la dame de Saint Germain sœur dudit Collet, perie.

Dans un bouge le nommé Louïs Graveur, logeoit depuis quatre jours en la ruë Saint Jacques.

En la quatriéme chambre Nicolas Millet Passementier Bouttonnier. Luy, sa femme, & trois enfans, dont deux garçons & une fille, l'un des garçons âgé de dix ans, & l'autre de huit, & la fille âgée de six ans, Sauvez. Tout perdu.

La huitiéme maison estoit occupée par François Legu Parfumeur.

LE PETIT MOR.

Luy, sa femme, & cinq enfans, sçavoir deux garçons, l'un de onze ans, & l'autre de deux, & trois filles, une de sept ans, une autre de quatre ans, & une autre de quatre mois, & la servante estoient à la Foire de Saint Germain.

Ils ont perdu quelques meubles & marchandises qu'ils avoient laissé.

En la premiere Chambre le nommé Marguillier Espicier, sa femme, & deux enfans, dont un fils âgé de quatorze ans, & une fille âgée de deux ans, n'y couchoient plus.

Ils avoient presque tout emporté.

En la seconde chambre le nommé Machine, luy, sa fille & sa servante estoient sortis il y avoit quinze jours.

Sa femme est la Nourice de Monsieur le Duc de Joyeuse.

Ils ont presque tout emporté.

En la troisiéme chambre la nommée Maria Blanchisseuse, perie.

En la quatriéme chambre une veuve nommé la Forest & son petit enfant estoient sortis, il y avoit plus de trois semaines.

Ils ont tout emporté.

LE CHAPEAV ROVGE.

La neuviéme maison estoit occupée par le nommé Chaudet Cordonnier, Luy, sa femme, & deux enfans, peris.

Tout perdu.

Un apprentif, âgé de ving-cinq ans, sauvé, qui a perdu ce qu'il avoit.

En la premiere chambre le nommé la France Cordonnier, sa femme, & cinq enfans : sçavoir, deux garçons & trois filles, l'un des garçons, âgé de douze ans, & l'autre de deux, une fille âgée de dix-huit ans, une autre de onze, & l'autre de quatre ans. Ils estoient démenagez, & avoient presque tout emporté.

En la seconde chambre, un nommé André Commi, & sa femme grosse. Ils avoient démenagez, & ont presque tout emporté.

En un bouge la dame le Sage & sa fille, sauvées.

En la troisiéme chambre la dame Rigault veuve, & une fille âgée de treize ans. Elles n'y couchoient plus il y avoit huit jours.

Elles ont emporté leur lict, le reste est perdu.

Ladite Rigault perd aussi le logement que Monsieur le Président Gallart luy donnoit gratuitement pendant sa vie.

L'ESPERON COVRONNÉ.

La dixiéme maison estoit occupée par Antoine Prevost Tapissier, Luy, sa femme, & un apprenti âgé de dix-huit ans sauvez Un petit enfant pery. Tout perdu, la perte fort considerable.

Sa femme est grosse de six mois & a en nourice un petit enfant âgé d'un an.

En la premiere chambre le nommé Lestau Tailleur de pierre, & sa femme n'y couchoient plus. Ils ont presque tout emporté.

Au premier bouge François du Boys Commis au Port S. Paul. Luy & son fils âgé de dix ans, sauvez. Tout perdu.

En la seconde chambre le nommé Girou Archer & sa femme revendeuse sauvez. La plus grande partie de leurs biens perduë.

Perine Frucher veuve, cy-devant Servante chez Mademoiselle Roy, sauvée. Toutes ses hardes perduës.

Au bouge, un Gentilhomme insensé, pour lequel on donnoit pension audit Girou, pery, sans s'estre voulu sauver.

En la troisiéme chambre, la dame Guillot revendeuse, & trois enfans, dont deux filles & un garçon, la premiere des filles incommodée, âgée de vingt ans, & la seconde de onze ans, le petit garçon à la mammelle, sauvez. Tout perdu.

Elle estoit tres pauvre.

Il n'y avoit personne dans la quatriéme chambre, mais il y avoit quelques marchandises.

Ce n'est pas pour contenter la curiosité, que cette recherche a esté faite si exacte, mais afin d'exciter la charité de chacun, pour contribuer à la subsistance & au restablissement tant des personnes qui se sont sauvées du naufrage, & qui en conservant la vie ont perdu leurs biens, que des enfans de ceux qui sont peris.

Ceux qui sont peris ont en un moment passé de la vie, & mesme de la santé, & aucuns du repos du lict & du sommeil à la mort : ceux qui sont restez, n'ont pas esté plus longtemps pour passer de la possession de quelques biens (dont aucuns en envoient d'assez considerables) à une extréme nécessité : il y en a plusieurs qui se sont trouvez en la plus miserable condition que ne peuvent jamais estre ny des pauvres ny des mandians, n'ayant pû rien sauver de ce qu'ils avoient, n'ayant plus ny bien, ny argent, ny lict pour se coucher, ny habit pour se couvrir, ny lieu pour se retirer, ny assez de hardiesse pour demander, estant plustost accoustumez à faire l'aumosne qu'à la recevoir.

Monsieur le Curé de Saint-Loüis, & Messieurs les Marguilliers, & quelques Dames de la Paroisse, firent dés le mesme jour tout ce qui leur fut possible en une si funeste rencontre.

Tous les Ecclesiastiques celebrerent la messe pour le repos des defunts, & on les recommanda aux prieres ; on leur a depuis fait faire un service solennel. Tous les Prestres se tinrent prests pour secourir & consoler ceux qui en auroient besoin, & parce qu'il n'y avoit plus de communication de l'Isle au surplus du Pont, ny aux maisons des Aisles qui sont de la Paroisse, ny avec les Paroissiens qui s'étaient retirez, en la ruë des Nonains d'Yere, & aux autres ruës voisines, Monsieur le Curé de Saint Gervais fut prié que les Prestres de sa paroisse leur donnassent le secours nécessaire pour leur salut.

On fit des le mesme jour dans l'Isle une assemblée qui a esté continuée diverses fois, pour s'informer des plus pressantes necessitez, & de la retraite de ceux qui s'estoient sauvez, principalement des femmes & des filles, afin que ce sexe ne fust point abandonné, en attendant qu'on pûst mieux reconnoistre la perte des personnes & des biens, ce qui en avoit esté sauvé, & qu'on pûst subvenir à leurs besoins.

On donna pareillement ordre à empécher la pesche et le divertissement de ce qui estoit tombé dans l'eau, afin que la pesche se fist de la part de ceux qui pouvoient y avoir interest, & pour la conservation de chacun, on n'a pas pû toutefois faire en sorte que beaucoup de choses n'ayent esté prises, tant de celles qui estoient tombées sur le Quay, que de celles qui estoient tombées dans l'eau, & de celles qui estoient au surplus des maisons qui sont encore debout ; c'est un desordre inevitable aux confusions des incendies, des naufrages & des ruines.

On a depuis donné l'ordre que ce qui se trouvera dans la riviere, soit porté en des lieux particuliers, afin qu'on y puisse reconnoistre à qui les choses peuvent appartenir pour y garder la justice, & éviter les fourbes qui se commettent en semblables occasions. Il est à propos que chacun des locataires & souslocataires donnent leur declaration de ce qu'ils ont perdu, avec toutes les circonstances & les marques de leurs vaisselles & de leurs linges, pour y avoir plus de justice & moins de fraude. Aucuns y ont satisfait.

Un queste a esté faite dans l'Isle Notre Dame, mais il s'en faut beaucoup qu'on puisse y avoir ce qui est necessaire non pas pour restablir entierement les pertes qui ont esté faites, n'y pour remettre les familles en un estat approchant de ce qu'elles estoient. On n'a pas trouvé de quoi pour les tirer de la necessité, encore moins pour les mettre en l'estat de gagner leur vie.

Comme il y en a qui ont fait des pertes tres notables, que d'autres ont moins perdu, & neantmoins beaucoup davantage, que d'autres, ou qui ont sauvé quelque chose, ou qui n'avoient presque rien vallant auparavant la cheute, il ne seroit pas raisonnable de les assister tous également, encore que beaucoup fussent à present reduits en une égale necessité, la justice se doit faire sur la proportion : cela se fera par la prudence de ceux à qui l'on commettra le soin de la distribution, pour en user sans aucune considération de faveur, ny de recommendation, n'y d'acception de personne.

C'est pour exciter la charité, pour en tirer le secours nécessaire, & pour en faire une juste distribution, qu'on a fait cette recherche exacte, & qu'on a esté conseillé d'en donner le memoire au public.

Beaucoup de gens n'avoient esté que mediocrement touchez, lorsqu'on leur avoit dit que la moitié du Pont-Marie estoit tombée, avec vingt maisons qui estoient au-dessus, que des personnes y estoient peries & que des biens y estoient perdus. Il y en a qui ont entendu indifferemment conter cette perte comme on entend une nouvelle, ou raconter une histoire des désordres arrivez en un païs éloigné.

Mais lors que ces mesmes gens sont venus sur le lieu, ils ont esté sensiblement touchez par la veuë de ces débris, & par le spectacle de ce désordre, tant en ce qui reste debout, & du Pont & des maisons, qu'aux démolitions qui sont sur le Quay, & en celles qui paroissent dans la riviere, dont la plus grande partie est encore couverte d'eau, en la pensée de ce qui a esté emporté par la violence des eaux, & de ce qui se trouvera au fond des ruines.

Le surplus du Pont & des maisons n'est plus habité, les locataires & souslocataires des maisons qui estoient voisines de celles qui sont tombées, n'eurent pas moins de crainte & de frayeur que les autres, tant parce qu'on ne sçavoit point où s'arresteroit la ruine, que parce que l'esprit est saisi & confus en un accident de cette qualité.

Ils n'en ont pas esté quittes pour la peur : il y en a qui ont presque tout perdu dans les maisons qui restent mais toutes les personnes en ont esté sauvées.

Plusieurs choses furent emportées par les portes, & aucunes jettées par les fenestres, en mesme temps que le reste du Pont tomboit, incontinent apres qu'il fut tombé, la crainte, la précipitation, & le desordre causerent de la perte : Il y en a eu davantage par le secours qu'on recevoit des personnes estrangeres & inconnuës.

Quoy que ce fust pendant la nuit, on ne manquoit point de secours, ny de Crocheteurs, ny de porteurs de meubles, & d'autres hardes, ou de personnes qui en faisoient la profession, mais on n'a pas retrouvé tous ceux à qui on les avoit donné ou commis.

Il y en a aussi qui n'ont presque rien perdu : mais enfin toutes les personnes de ces maisons restantes se sont sauvées, & encore qu'aucuns soient dignes de compassion, on ne les a point compris dans le present mémoire, parce que cela n'est pas sur le sujet de la charité que l'on demand . Ce n'est pas qu'il n'y ait grand sujet de compassion, & de charite a leur égard ; mais c'est qu'il y a des sujets plus pressants & plus dignes de pitié.

Ceux qui viennent à present du costé du Port S. Paul pour passer dans l'Isle, trouvent la pluspart des maisons des aisles abandonnées, et un mur de closture au bout du Pont du costé de la barrière des sergens, afin d'empescher qu'on y vienne rompre les portes et les fenestres, parce que toutes les maisons sont desertes.

On ne passe plus que dans des petits batteaux, au lieu qu'on avoit accoustumé de passer sur un Pont de pierre environné de maisons, les batteaux ne sont qu'en attendant qu'on avise à une autre commodité, en quoy tout le public est interessé, non seulement à cause des maisons de l Isle, & tous ceux qui y sont demeurant, mais aussi d'autant que cela oste la communication de la Ville à l'Université, & de l'Isle du Palais au quartier de S-Paul.

Lorsqu'on est dans les batteaux ou sur le quay on est sensiblement touché, en regardant les arches et les maisons qui restent on considere les deux premieres, comme sur le panchant d'un precipice, on voit des bastiments de quatre estages, comme coupez de niveau par la cheute des bastiments voisins, on y voit encore arrachez & comme pendus, des morceaux de tapisserie, des lambeaux de linges, des pieces de tableaux, des restes de cabinets, des portes panchantes & des ouvertures.

Quand on jette les yeux en ba , on y découvre un arcboutant de pierres & sa niche au dessus courbez & renverez, on voit des platras & des gravoirs sur la riviere, des chevrons encore a moitié assemblez, qui faisoient le comble des maisons, des :o i es &

des bois de lict qui paroissoient comme des bouts de picques sortans de l'eau.

Sous ces ruines sont quantité de corps que l'on trouvera tout defigurez, les uns y sont tombez tout habillez, les autres à moitié, & d'autres nuds. On y en a encore retiré que trois en diverses fois, quoy qu'il y ait desjà quinze jours que ce desordre est arrivé : le cours de l'eau en a emporté aucuns, mais on ne croit pas qu'ils soient en grand nombre : la plus grande partie sont ensevelis avec les bastiments, on en trouvera dans les demolitions de leurs chambres, on en trouvera peut-estre encore dans leurs licts, quand on découvrira les chambres, & les licts : les cadavres qui seront retirez du profond de l'eau seront meurtris ou rompus, à moitié mangez & à moitié pouris; la seule pensée donne de l'horreur.

Beaucoup de maris demandent leurs femmes, & des femmes leurs maris, des peres et meres leurs enfans, & des amis leurs amis.

Toutes ces choses ont émeu quantité de gens qui n'estoient venus dans l'Isle que par le seul mouvement de la curiosité, ou indifferemment pour leurs affaires ou par occasion. Il n'y a personne qui ne soit attendry, mais les morts ny les vivans ne sont point soulagez par les gemissements ny par les larmes : on a assez donné de soûpirs & de pleurs, il faut donner des prieres à ceux qui sont morts, & donner la charité pour ceux qui restent.

Jamais personne n'eut besoin d'une assistance plus necessaire ny plus legitime. On la demande pour des personnes qui n'osent pas la demander & qui n'estant accoustumez qu'à gagner leur vie avec honneur dans leur profession, & par leur travail, ne sçauroient pas comment il en faudroit faire la demande. Ils ont tout perdu; & il n'y a rien à leur reprocher, ny rien à leur imputer, non pas mesme aucune faute de prudence; ils estoient dans leurs maisons, & ils estimoient y estre en seureté : ce qu'ils ont souffert est plus que par l'effet de l'orage, ou par un éclat de foudre durant le serein; c'est plus que par un coup de tempest, & par la violence d'un naufrage durant le calme.

Madame SAINTOT, & Madame SIGRY, qui demeurent en l'Isle

Nostre-Dame sur le Quay d'Alençon qui ont déjà pris la peine de faire les questes dans l'Isle, recevront les aumosnes qu'on voudra leur envoyer, & que chacun est prié de faire : Il ne faut point y estre excité par aucune autre consideration, que celle de la chose mesme. On peut néantmoins y ajouster, que cela se rencontre dans le temps du Caresme, qui est un temps de penitence & d'aumosne.

Il nous a paru intéressant d'extraire des ouvrages du temps, quelques annonces originales concernant l'Ile Saint-Louis et ses habitants. On y rencontrera des enseignes curieuses, des professions disparues ou non encore évoluées, des détails pouvant aider à la reconstitution du passé de cette partie de la capitale.

Le premier numéro de la « *Liste des Avis du « Bureau d'Adresse* » pour 1670 (1) contient :

86. — Maison à Louer presentement rue Geoffroy Lasnier, louée 1700 l.

Adr. à M. de la Barre
dans l'Isle Nostre Dame, sur le quay Daufin. (2)

12. — On demande une maison depuis 4 jusqu'à 8 lieues de Paris, sur le bord des rivières de Marne ou de Seine, en remontant depuis 4 jusqu'à 800 l. de revenu, bien bastie où il y ait un jardin raisonnable, des bois, prez et terres.

(1) Cette « *Liste* » a servi de modèle aux journaux d'annonces qui se sont créés par la suite jusqu'à nos jours.

(2) Ensuite quai des Balcons, puis quai de Béthune.

Adr. chez M. Guérin, prêtre de Saint Louis, dans l'Isle Notre Dame, rue Poultière. (1)

23. — On demande un carrosse à deux fonds de velours et vitré, du prix de 4 à 500 l.

Adr. à M. de Sève du Plateau, dans l'Isle Nostre Dame, sur le quay de Bourbon.

— Et à la fin de la liste, cette indication :

Lieux où se trouveront tous les quinze jours les livres d'avis à quinze deniers pièce, (il y aura un escriteau pour les remarquer).

... Isle Nostre Dame, au carrefour de la rue des Deux Ponts, Monsieur Bichebois, chandelier.

... A la descente du Pont-Marie, proche la Barrière, M. Pierre Paul, limonadier. (2)

La *Liste Générale du Bureau d'Adresse et de Rencontre,* du 1er Avril 1689, contient l'entrefilet suivant :

« Le sieur Legeret, maître menuisier à Paris, rue Saint Loüys, « Isle Nostre Dame, donne avis qu'il fait et vend une machine « fort légère et portative, par luy depuis peu inventée, qui coupe « la paille aussi menue qu'est l'avoine, ce qui fait que les che« vaux la mangent plus facilement, surtout lorsqu'on y mêle un « peu d'avoine. »

Le *Livre Commode des Adresses de Paris, pour 1692,* par *Abraham du Pradel,* contient sur l'Ile, les indications ci-après :

Conseiller d'Etat ordinaire, M. Rouillé (3), Isle Nostre Dame.

(1) Au début on avait féminisé les noms des deux associés de Marie qui leur avaient servi de parrains.

(2) D'après Fournier ce café existait encore en 1878 au même endroit. C'était un des plus anciens de Paris, sinon le plus ancien.

(3) Rouillé, comte du Melai, dont Mme de Sévigné désirait tant que son fils épousât la fille, fut Président du Conseil des Finances au commencement de la Régence (Fournier).

Fameux curieux (1) *des ouvrages magnifiques.*

Messieurs les Présidents Lambert et Bretonvilliers (2), Isle Notre Dame.

Monsieur Franctot, quay d'Alençon, dans l'Isle.

Monsieur Brangeon, quay des Balcons.

Dames curieuses.

Madame la marquise de Richelieu, Isle Notre Dame (3).

Monsieur Coquelin, chancelier de l'Eglise de Paris (4), demeure rue Saint Louis en l'Isle.

Et enfin, cette indication :

A la descente du Pont Marie qui va au port Saint Paul, il arrive bien souvent des fromages de brie qu'on vend en gros.

Un point assez curieux de l'histoire de l'Ile Saint-Louis nous est transmis par « *L'Almanach des Corps de Marchands et des Communautés des arts et metiers de la ville et Fauxbourgs de Paris (1768).*

Après nous avoir fourni l'adresse de plusieurs Jurés de communautés domiciliés dans l'Ile :

Barbot, *juré de la Communauté des Chirurgiens,* rue et Isle

(1) Est-il nécessaire de rappeler ce qu'on entendait par « *curieux* » au XVIIe siècle ! Les *Caractères de la Bruyère* l'ont assez fait connaître.

(2) La magnificence de leurs hôtels dispense de tout commentaires.

(3) La marquise de Richelieu habitait à cette époque l'hôtel où avait logé précédemment Lauzun, et qui devint plus tard l'hôtel de Pimodan. (FOURNIER).

(4) Comme chancelier, il avait le sceau du Chapitre de Notre-Dame, et la surveillance de plusieurs écoles.

S. Louis, N. Mathieu, *juré de la communauté des Savetiers Bobelineurs et Carreleurs de Souliers*

il nous apprend, qu'à cette époque, le bureau de la *Corporation des Brasseurs* (1) est dans l'Ile et qu'Arnould, un des quatre jurés de la Corporation habite rue de la Femme sans Teste.

L'Essai sur l'Almanach Général d'Indication d'adresse personnelle et domicile fixe des six corps Arts et Métiers, de 1769, contient, par ordre alphabétique de professions les noms et particularités suivantes :

ARMURIERS.

CHARTIER, *inventeur d'une composition, approuvée de l'Académie, qui empêche le fer de se rouiller et lui donne une couleur argentine*, rue des Deux Ponts.

CHAUDRONNIERS.

VIDAL Jean, sur le Pont Marie, *a trouvé une nouvelle façon d'étamer toutes les pièces de batterie de cuisine qui n'affaiblit point la pièce.*

GRAVEUR.

Claude FESSART, graveur en taille douce, Quai d'Orléans, Ile Saint-Louis, *pour l'Histoire de la Vignette, élève de M. Longueil.*

On trouve encore dans *l'Almanach Dauphin pour 1772 :*

François Ange Deleurge, maître accoucheur Quai d'Orléans, *auteur d'un traité des accouchements qui a eu plusieurs éditions.*

(1) La Corporations des Brasseurs était une des plus anciennes de Paris qui ait été érigée en corps de Jurande. Ses statuts sont de 1268, dressés et approuvés par Etienne Boileau, prévôt des marchands. Leur patronne était la Sainte Vierge et leur Confrérie se tenait dans la basse Sainte-Chapelle.

Vers la même époque, un apothicaire, le sieur Keyser, *inventeur de dragées antivénériennes au mercure* demeure près le Pont Rouge, rue et Ile Saint-Louis (A. Franklin).

On peut relever parmi les listes des membres de clubs antirévolutionnaires, en 1792 :

le Marquis de Fenoyl, 23, quai d'Anjou du *club de Valois*.

Bréard, rue et Ile Saint-Louis, 18.

Fontenay Devin fils, 89, rue Saint-Louis (Ile) du *club des Feuillants*.

Charton, Ile Saint-Louis

Delaitre, Hôtel de Bretonvilliers.

Durand fils, — — de la *Société de 1789*.

En 1826, Balzac nous fournira deux enseignes curieuses :

« *Au Tableau des Samoèdes* »
22, rue des Deux-Ponts

« *Au Petit Matelot* » (1)
rue et Ile Saint-Louis

L'année suivante *l'Almanach, Parisien* ou *Liste*

(1) Cette maison existe encore à l'angle de la rue des Deux-Ponts et du quai d'Anjou.

Generale des habitants de Paris, contient par ordre de rues de nombreuses adresses parmi lesquelles :

QUAI D'ANJOU :

15. — Baron Delcambre, Maréchal de camp.

QUAI DE BÉTHUNE :

8. — Bureau de Commerce des Bois Flottés,
10. — Leroy, professeur a l'Ecole Polytechnique,
14. — Duranquet de Chalus, député du Puy-de-Dôme.
de Feligonde, — —
26. — Cie des Courtiers Gourmets.

QUAI BOURBON :

19. — (Hôtel Jassaud)
E. de Quatremières, de l'Institut.
Paul Royer-Collard, avocat.
27. — de Géronval, homme de lettres.
29. - Cte de Pondevèze,

RUE SAINT-LOUIS EN L'ILE :

1. — Bureau des Coches d'Auxerre,
2. — Magasins généraux des Lits de la Garde.
67. — Corps de garde des pompiers.
69-71. — Gouin et Bou arei, propriétaires.

RUE DES DEUX-PONTS :

1. — Café Flicoteau,
5. — Bureau de Loterie No 121,
16. — Petit Messager dans Paris,
20. — Café Poupart,
21. — Iris ou affiches Universelles.

RUE REGRATIÈRE :

1. — Bureau du papier timbré,

M. Boulanger, propriétaire actuel de la maison sise 21, quai Bourbon, qui en a conservé tous les titres de propriété, a bien voulu nous communiquer les particularités suivantes :

1° En 1667, le sieur Du Peuple était receveur des contributions des propriétaires de l'Ile ; son bureau était situé sur le quai Bourbon, dans la maison à l'enseigne du *Chat qui Pêche.*

2° Parmi les locataires de cet immeuble, on peut citer :

Jassaud d'Arquainvilliers qui y habita près de 20 ans, (probablement pendant la construction de l'Hôtel qui porte son nom.)

René Ménager de la Vigne, receveur des Annuels pour les Aides. (1747).

3° Parmi les propriétaires successifs, François-Nicolas LOIR, contrôleur du change de la monnaie de Paris (1754).

4° De 1831 à 1863, une partie de la maison fut louée à la Recette d'Octroi d'Amont, tenue par M. Vautrain. Le fils de celui-ci fut, en 1870-71, Maire du 4e Arrondissement, puis président du Conseil Municipal, et enfin élu député, en 1872, contre Victor Hugo. C'est à son influence et à ses conseils que l'on doit le Pont Sully.

Outre les noms cités dans ces différentes listes, plusieurs personnages célèbres habitèrent l'Ile Saint-Louis, parmi lesquels : Voltaire et Madame du Châtelet, puis Georges Sand qui demeurèrent à l'Hôtel Lambert ; Meissonnier qui logea au 3, quai Bourbon, Lansyer au 29 du même quai, Daumier et Daubigny, aux 9 et 13, quai d'Anjou, Poisson de Marigny, au 5 ; Salomon de Caux, Fénelon, au 12 rue Saint-Louis en l'Ile, Bochard de Saron, Philippe Lebon, le célèbre inventeur du gaz d'éclairage.

A côté de la grandeur imposante et des sculptures délicates de ses hôtels célèbres, l'Ile Saint-Louis possède de vieilles boutiques que le temps a respectées. Parmi celles-ci, il en est une située au 3, quai Bourbon, qui mérite une mention particulière. Elle est du style Louis XV le plus pur avec arcades en bois sculpté ; les détails et l'aspect général en sont malheureusement cachés par des tentures et des étalages.

LISTE DES HOTELS ET MAISONS REMARQUABLES

DE L'ILE SAINT-LOUIS

QUAI DE BETHUNE

14. — **Hôtel d'Astry.**

16 et 18. — **Hôtel de Richelieu.** — Habité, sous Louis XV, par le duc de Richelieu-Fronsac qui y connut Voltaire. Du sous-sol partait une galerie qui communiquait à la Seine, et à l'extrémité de laquelle une embarcation était constamment amarrée.

20 et 22. — **Hôtel Le Feuve de la Malmaison.** — Celui-ci fut, sous Louis XIV, conseiller au Parlement.

24. — **Hôtel d'Ambrun.** — Dessiné par Le Vau pour Denis Hesselin, panetier du roi et prévôt des Marchands ; la partie sise au 3, rue Poulletier, sert aujourd'hui de presbytère à la paroisse Saint-Louis. Cet hôtel a été habité successivement par François Molé (1669), d'Ambrun de Montalet, intendant d'Auvergne (1737) ; le sieur Brochant l'acheta ensuite, le laissa à sa veuve, laquelle le légua à un M. Lechanteur, dont la fille épousa le Dr. Parent-Duchatelet, qui en devint ainsi propriétaire. Il faut signaler, parmi les locataires de cet immeuble, le Nonce du Pape qui y séjourna au moment de la publication de la Bulle *Unigenitus*.

RUE DE BRETONVILLIERS

Au fond, restes de l'Hôtel de Bretonvilliers ; voir page 24.

QUAI BOURBON

3. — **Boutique Louis XV.**

15. — **Hôtel Le Charron,** habité au XVIIIe siècle par Jacques de Vitry.

19. — **Hôtel Jassaud.**
29 — **Hôtel de style Louis XV.**
31. — **Hôtel de Boisgelin.**

QUAI D'ANJOU

5. — **Hôtel Poisson de Marigny.** — Habité par Poisson de Marigny, père de Madame de Pompadour et surintendant des bâtiments du Roi, il devint ensuite la propriété du Chevalier Lepeultre, comte de Chemillé. Vendu aux enchères le 3 Juillet 1779, il fut acheté par Léonard Fray de Fournier, maître en chirurgie, et Louis Pinçot, ancien officier de la chambre du roi.

7. — Ancienne dépendance de l'Hôtel Lambert, aujourd'hui, bureau du Syndicat de la Boulangerie de Paris.

7. — **Hôtel Lauzun**, voir page 26. Il faut signaler parmi les peintures et sculptures remarquables de cet hôtel, le plafond à poutrelles et les panneaux de la bibliothèque, le plafond en coupole et la fontaine de marbre de l'antichambre, ainsi que celui de la chambre d'honneur, décoration à laquelle collaborèrent Le Brun, Mignard, Le Sueur, Boucher et Baptiste.

19. — **Hôtel Meillant.**

23-25. — Maisons composées autrefois de petits hôtels et bâties sur pilotis.

39. — Une des caves de cet immeuble porte gravée, sur pierre, le millésime de 1680.

RUE SAINT-LOUIS EN L'ILE

1. — **Hôtel Lambert de Thorigny.** — Voir page 24.

Eglise Saint-Louis en l'Ile. (Voir le chapitre consacré à cette paroisse)

51. — **Hôtel Chenizot.**

INDEX BIBLIOGRAPHIQUE

Bachaumont. — *Mémoires Secrets.*

A. Bonnardot. — *Dissertations archéologiques sur les anciennes enceintes de Paris* (1852).

R. P. Jacques du Breuil. — *Le Théâtre des antiquités de Paris* (1685).

Germain Brice. — *Description de ce qu'il y a de plus remarquable dans la ville de Paris* (1639).

La Cité. — *Revue bi-mensuelle.*

Abbé Collignon. — *Histoire de la Paroisse de Saint-Louis en l'Ile.*

J.-A. Dulaure. — *Histoire Physique, Civile et Morale de Paris* (1845).

Alfred Francklin. — *La Vie Privée d'Autrefois* (1874).

J. de Gaulle. — *Nouvelle Histoire de Paris et ses Environs* (1841).

Guillebert de Metz. — *Description de la Ville de Paris au XVe siècle, publiée par Le Roux de Lincy* (1855).

Jaillot. — *Recherches critiques, historiques & topographiques sur la ville de Paris* (1772).

Le Maire. — *Paris ancien & nouveau* (1698).

Alexis Martin. — *Paris (promenade dans les vingt arrondissements)* (1892).

A.-J. Meindre. — *Histoire de Paris & de son influence en Europe* (1855).

E. Meille. — *Les Sections de Paris pendant la Révolution Française* (1898).

Mortimer-Ternaux. — *Histoire de la Terreur.*

Pasquier et Denis. — *Plan topographique et raisonné de Paris, ouvrage utile au Citoyen et à l'Etranger* (1758).

Pignerol de la Force. — *Description historique de la ville de Paris* (1765).

Abraham du Pradel. — *Liste Commode des Adresses de Paris pour* 1692, *annotée par Edouard Fournier.*

H. Sauval. — *Histoire & Recherche des Antiquités de la Ville de Paris* (1724).

www.ingramcontent.com/pod-product-compliance
Ingram Content Group UK Ltd.
Pitfield, Milton Keynes, MK11 3LW, UK
UKHW020357180726
13839UKWH00003B/1157